你的格局
决定你的层次

心胸狭隘，患得患失
只能过低层次的生活

北雪◎著

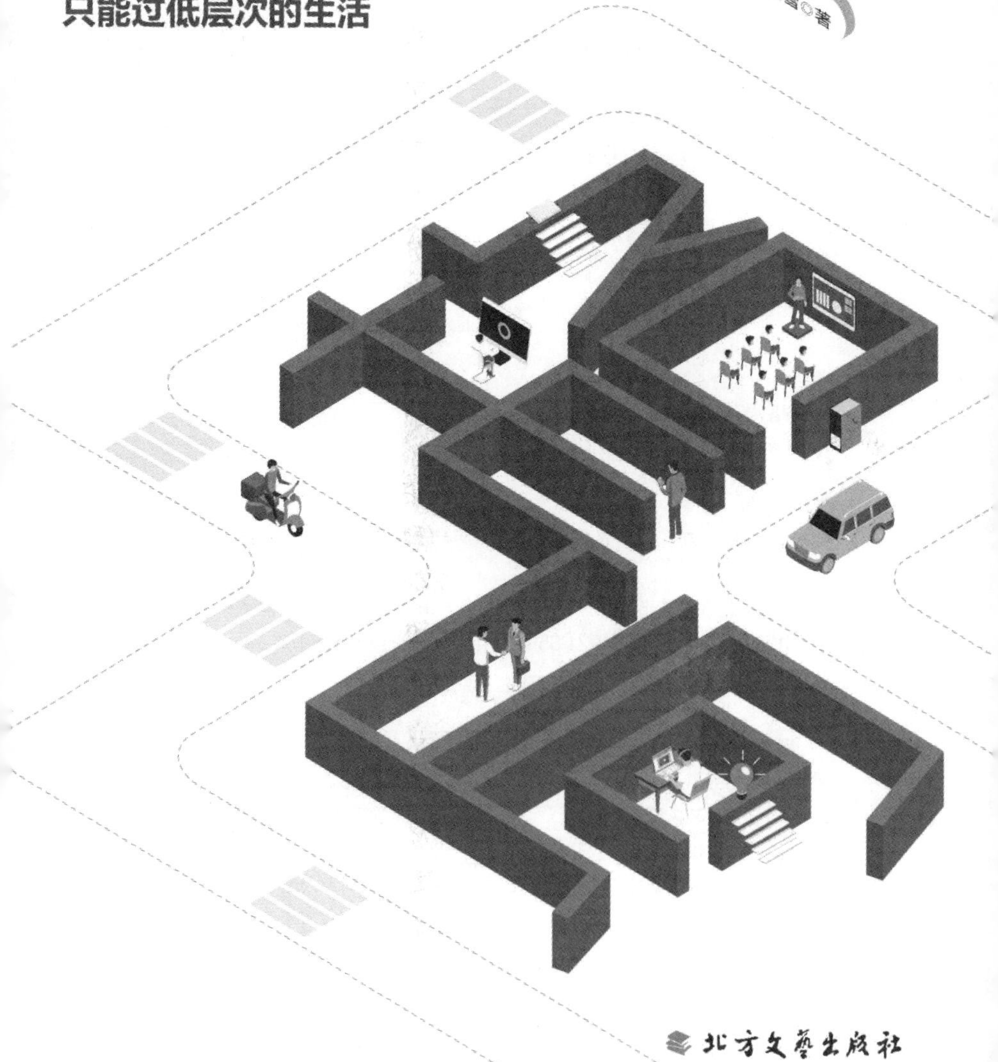

北方文艺出版社

图书在版编目（CIP）数据

你的格局决定你的层次 / 北雪著 . -- 哈尔滨 : 北方文艺出版社 , 2020.2
ISBN 978-7-5317-4577-8

Ⅰ . ①你… Ⅱ . ①北… Ⅲ . ①散文集 – 中国 – 当代
Ⅳ . ① I267

中国版本图书馆 CIP 数据核字（2019）第 262210 号

你的格局决定你的层次
Ni de Geju Jueding Ni de Cengci

作　者 / 北　雪
责任编辑 / 路　嵩
封面设计 / 米　乐

出版发行 / 北方文艺出版社
邮　编 / 150080
发行电话 /（0451）85951921 85951915
经　销 / 新华书店
地　址 / 哈尔滨市南岗区林兴街 3 号
网　址 / www.bfwy.com

印　刷 / 三河市人民印务有限公司
开　本 / 880mm × 1230mm　1/ 32
字　数 / 200 千
印　张 / 8.75
版　次 / 2020 年 2 月第 1 版
印　次 / 2020 年 2 月第 1 次印刷

书　号 / ISBN 978-7-5317-4577-8
定　价 / 42.00 元

目录
CONTENTS

第五章 》》》》》

大局思维，　问题的高度决定你所在的层次

第六章 》》》》》

自信加魄力，　不设限的人生潜力无穷

第七章 》》》》》

从人脉上突破，　整合资源开阔视野格局

第一章

眼光有多远，
未来的路就有多辽阔

NIDE
GEJU JUEDING NIDE
CENGCI

1. 你追求的所谓稳定，最终会害了你

不管是来自父母的谆谆教诲，还是我们自己对人生方向的选择，大多数人好像都更倾向于走一条更为“稳定”的道路。然而，我们所追求的“稳定”，对人生而言，并非万无一失。

人是有趋利避害的天性的，从步入社会的那一刻起，我们大多数人就怀揣着对未来不确定的恐惧。这时，如果一个相对稳定的前景摆在眼前，比如，那些钱多事少离家近的“稳定型”工作，那我们大多都会倾向于那个稳定、风险小的选项，这也无可厚非。

可是，我们心中所追求的“稳定”却往往是畸形的“铁饭碗”，只看得到眼下生存，却看不到未来发展。我们所谓的稳定就仅仅是现在能以极小的付出换取舒服的日子，然而，从长远来看，这并不是稳定。

一旦有了这种想法，当我们进入一个相对安逸的状态里，内心就会开始追求这种所谓的稳定与安逸。我们就会渐渐变成一个对自己和工作毫无要求的人。反正干多干少都是那些工资，不如学会偷奸耍滑；反正钱够吃够喝，努力也没有什么必要；反正工作没有竞争，学习新知识也是浪费时间……

时间一久，我们除了年龄优势外，就会变得一无是处。就算公司不裁员，就算我们不辞职，或是日复一日的枯燥工作，或是公司不给涨工资……总会有一个理由让我们无法再将这个状态继续下去。到了那时候，我们就会发现，我们追求的所谓安稳，已经毁了我们。

那么，我们到底该追求怎样的安稳呢？

李磊是一名公务员，工作快一年了。本来抱着一腔热血想在机关单位有一番作为，来了之后却发现自己并不适合这里。

他每天把平常的工作做完后就开始自己学计算机编程，同事们都说："咱们这儿又用不着这么高端的技术，你学它干什么？"

李磊总是笑笑不说话。不久之后，李磊所在的单位进行了一次裁员，一大批同事都被裁掉了，李磊也在其中。

下岗后，大部分同事都找不到工作，整天愁得不行。李磊却在下岗后不久就进入了一家挺不错的互联网公司。

"人无远虑，必有近忧。"只有着眼未来，考虑到自己未来可能面对的风险，从当下着手，持续拓展自己各方面能力，不断让自己进步，提高抵御风险的能力，才能让我们在以后面对任何人生变动时，都能波澜不惊地渡过难关。

有人说，稳定其实就是最大的不稳定。当我们放宽自己的眼界，拓展自己的人生格局后，就会发现人生其实没有绝对的稳定。稳定的工作从来都是相对的。而我们追求的真正稳定，应该是无论在任何时候，无论我们去到哪里，我们都可以用自己的能力，去换取更大的收益，去过上自己想要的生活。

那我们在工作中，又该如何做才能达到这种稳定呢?

首先，利用空闲时间增强个人工作能力。当我们在一个公司工作时，我们只有不断武装自己，让自己的工作能力越来越强，我们才能减少很多不稳定的因素，比如，裁员，新进员工的压力等等，这也是一种相对稳定。

其次，领导总是倡导情怀，却没有具体解决问题的方案。做一个结果导向者，当团队给不了事情到底怎么完成的答案时，情怀只是借口。别被领导的情怀所蒙蔽，既然不能让我们学到东西，那我们就赶紧换地方。

再次，忘掉被传授的企业文化。一个企业有什么样的企业文化，我们应该自己去发现，而不是靠别人说给我们听。当我们发现公司企业文化并不适合我们的发展时，比如我们追求公平公正，企业却大多是走后门的人，那我们就可以选择去其他地方从头再来，这也是一种稳定。

最后，多掌握过硬技能，多了解最新行业动向。一时的安稳是最不靠谱的追求，你要做到被裁了立刻有猎头找、辞职了单干也能活的水准，这种看似不安稳、时刻上进的状态，才是真正的安稳。

稳定并不代表停滞。这个世界无时无刻不在变化，只有看到未来，我们的人生才会更加“稳定”。如果我们一直追求那种对于自己来说毫无进步、发展，只是保证自己眼下需求的“安稳”，那我们必定会被这个时代所淘汰。

2. 吃点亏就要死要活的职场人，后来都怎么样了

“上次吃饭，你还差我五块钱。”

“前天就是我换的桶装水，好吗？”

“这两天我都多加班了五个小时了呀。”

“为什么又让我去复印文件？”

……

这样的对话在我们的职场生活中，天天都有发生。许多职场人士在职场中觉得自己吃了亏的时候，就开始想方设法地让别人知道自己吃了亏，借此想要得到更多好处或者逃避任务。这种人在职场中，后来都怎么样了呢？

张义毕业后，成功进入了自己心仪的一家公司。他的工作能力不错，上司也一直比较看好他。

可是，这期间发生了几件事，让上司对他的态度发生了改变。

有一次，部门新接了个任务，由于大家都比较忙，上司就把任务分给了张义。张义就经常跟同事们说自己吃了好大的亏，白白多做了任务又不多给钱。

还有一次，由于部门女同事比较多，负责部门文件传递的任务就交给了他和另外一个男同事。本来是一人一天，结果那个男同事请了几天假，就由他各部门之间来回跑。男同事回来后，他还去和那个男同事说：“你看我都跑了三天了，你

得多跑三天，我得休息休息了。”

……

后来，尽管他的工作成绩一直不错，但上司从来没给他晋升的机会。干了两年后，他和同事之间的关系也越来越淡，无奈之下选择了辞职。

说到吃亏，可能没有人会喜欢，因为吃亏总会让自己损失一些东西，或者是金钱，或者是时间。在职场中，本来就事情繁多，难以做到绝对公平，吃亏就成了很常见的事情。而有些职场人一旦吃了亏，心里就会十分不平衡，就想让全世界都知道自己吃了亏，知道自己比别人多付出了。然后，再遇到同样的事情，就会想方设法逃避或讨价还价。

这类人往往眼光太短浅，人生格局太小，只盯着眼前得失。可能他是能要回上次别人欠他的五块钱；他也能让自己不用多费力去换一桶水；还能让自己少走点路不用去打印文件。可是，放眼未来的话，这对于他日后的人生发展并不会有大的帮助。同事们会觉得他小气、斤斤计较，看重金钱；领导会觉得他自私，没有团体意识。久而久之，同事们会越来越疏远他，领导也会觉得他不堪重用，那他的职业生涯就会变得障碍重重。

那么，在职场中的我们到底该如何对待吃亏这件事呢？

王昕在一家自媒体公司实习，刚到公司的时候，其他人每天都只工作 8 个小时，她却每天早起晚归，工作将近 12 个小时。

有一天，一个实习生困惑地问她：“你工作 8 小时和工作

12 个小时挣得一样多，多吃亏啊！”

王昕说：“工作都是一样多，我们多做了，其他人就少做了。你想想，别人工作四个月才能获得的经验，我们两个月就能获得。这样是不是就不亏了？”

那个实习生听后觉得也有道理，于是就和王昕一起加起了班。结果，没过实习期，她俩就被提前录用了。

在职场中，我们要时刻谨记“吃亏是福”这句话。尽管吃亏就意味着我们可能要多干点活，多付出点我们的个人利益，但是从长远来看，我们的付出其实都是为我们的未来做了投资。

我们可能现在多掏了五块钱，多跑了点路，多换了桶水，但我们却能在同事心中建立起大方友好的形象，对我们以后的职场发展大有裨益；我们可能现在多花了点时间和精力去加班，但却能让领导看到我们的积极上进，还能提升我们的工作能力，从而升职加薪，获得更多的机会。

吃点亏，多做点工作其实并不是帮别人减少了麻烦，我们每多做一点，就能多一点锻炼和展示自己的机会。我们的领导、同事和客户就会关注我们、信赖我们。如果他们都看好我们，那我们的前途也就有了保障。

在职场中，我们又该怎么做才能让自己多“吃点亏”呢？

第三种方法，“揽活”来做。一些可能谁干都行的工作，或者是轮流做的工作，我们大可以把它当成我们自己的工作。多做一点对我们没有多大的坏处，但却可以让别人觉得我们有很强的团队意识。比如，换水、做值日、订饭等等。

第二种办法，学会“接活”。同事或者领导可能时不时就会给我们一些工作，这时，不要觉得自己多干了，安安心心去做好，这对自己能力也是种提升。就算最后他们没有说什么，他们在心里也会记得我们的好。

第一种方法，“抢活”来做。这里“抢活”的意思是让我们有一种抢的心态，就是我们能接触到的所有工作，无论是不是自己的本职工作，只要有机会，我们就要去尝试。比如，有其他部门的同事说自己有个文案没时间做，想找人帮忙，我们就可以毛遂自荐。当然，刚开始，我们还是要从简单的做起，以免办砸了。

在职场中，目光短浅、格局小的人才会老在工作中锱铢必较，认为自己多做一点就吃了大亏。而那些默默无闻地多做多付出，还希望比别人干得更多的人才是有远见、有格局的人。

3. 为更大的未来跳槽，而不仅仅为更高的工资和头衔

“跳槽”是我们职场人士避不开的一个问题，在我们的职业生涯中，或多或少都会经历跳槽。可是，很多人却并没有正确地理解跳槽的目的，只是单纯为了更高的工资和头衔而跳槽。

李川参加工作快三年了，一直在一家公司工作。可自从第二年升成了主管之后，就再也没有变动的迹象了。眼看着身

边的朋友一个个都成了经理，李川十分着急。

有一天，一个猎头打电话给李川，说是一家公司能给他提供经理的职位，并且工资也比他现在的高。于是，他毅然决然地选择了跳槽。

刚开始他还为自己的身份和工资开心，可一段时间以后，他发现这个公司部门众多，自己负责的工作也是一些基础工作，自己部门的发展空间到他这儿就是顶了，这让他十分迷茫，不知道自己接下来的职业发展该如何规划了……

对于职场人士来说，跳槽一方面可以解决职业枯燥感，让我们加深对自己本行业的认知，能够对自己的职业规划进行更好的定位，加速我们职业生涯的发展，还可以给我们提供更好的发展空间和工作环境。但另一方面跳槽也会影响我们的声誉，而且盲目地跳槽还会给我们的职业发展造成很大的负面影响。

一份高的工资、一个高的头衔固然重要。但是，如果我们跳槽时只关注薪资和头衔，从短期来看，我们得到了自己想要的东西。但是，如果把眼光放长远，我们就不难发现，这种跳槽很容易让我们忽略掉自己的职业发展路线的规划，这会让我们在后来的发展中很快到达职业“瓶颈”，无法继续也难以转型。

那么，我们在跳槽时，更应该关注的是什么呢？

蔡崇信，在加入阿里巴巴之前在香港一家控股公司出任副总裁及高级投资经理，年薪七十万美元。

在阿里巴巴起步初期，马云找到他，让他“跳槽”跟着自己干。听马云讲解了公司的发展计划后，他毅然放弃了自己的工作，带着妻子来到杭州，选择每月只拿五百块人民币的薪水。

后来，阿里巴巴发展迅猛，他也成为了其中的“开朝元老”，现任职阿里巴巴的集团执行副主席。

大多数情况下，工资增长和职位提升是一个综合而又缓慢的过程，只要我们能力到了，这两者自然就能让我们满意。因此，跳槽的时候，我们更应该关注的其实是我们是否能在跳槽后得到更好的锻炼和发展，只有这样，我们才能获得更好的未来。

五百元人民币为什么比七十万美金的诱惑更大？因为蔡崇信在阿里巴巴看到了更好的未来。只有着眼于未来的跳槽，才能给我们的职业发展带来更大的进步，才能让我们的人生获得更大的成功。

那么，什么情况下的跳槽，才能算是好的跳槽呢？

第一，在一个公司的现有职位连续工作 3 年以上，工作内容没有变化，级别没有升迁的。3 年是一个分界线，我们该学的都学会了，该熟悉的都熟悉了，这时对这里也没新鲜劲儿了，再待下去反而会让我们变得越来越没有激情，越来越接受不了变化，会严重影响我们的个人能力。

第二，公司赤字频发，面临倒闭。这样的情况，公司人心惶惶，我们留下来是耽误时间和精力，对后续职业发展没有一点帮助。

第三，直属上司很无能，还针对认真工作的人。遇到这种不但不尊重下属意见，还总挑刺、乱指挥、打压下属的上司，如果在可以预见的一段时间，我们摆脱不了，那就赶紧换地方。整天和这种人纠缠扯皮会耗费我们大量的精力，会严重阻碍我们的职业发展。

第四，收入与市场整体水平差太多，在可预见的未来，很难给到维持我们生活的收入。当遇到这种情况，我们又有切实的生活压力，比如供房，供车，养孩子，孝敬老人等等。我们就该想办法跳槽了，如果连基本的生存都满足不了，那往往也没有心思去考虑未来了，经济水平低下，不仅会束缚我们的眼光，还会让我们的人生格局受限。

第五，发展空间受限。这也是很重要的一方面，当我们在一家公司觉得可学的东西不多了，上升空间也有限时，先客观评价一下自己的判断是否准确，比如，同职位的人在多少年内没有职位变动了，上升一个职位的平均年限又是多少。如果这里的标准都远远高于市场平均水平，那我们就可以考虑跳槽了。

从长远来看，我们的最终目的就是完成马斯诺需求的“自我实现需要”，这是人的一种最高层次的需要。只有不被眼前利益迷惑，扩大人生格局，放眼未来，知道自己的最终目的是什么，才能做到理智地跳槽。

4. 好人缘需要长期经营，切忌急功近利

很多人在事到临头的时候，会有这样的感触：“如果我能认识更多的人，一定可以更好更快地完成这个目标！”确实，一些关键人物，在我们遇到困难时能给我们提供很多帮助。可是，事到临头才带着某项具体、短期的目的去经营人际关系，通常会让自己变得越来越不受欢迎，路越走越窄。

黄坤前段时间做了一段时间“微商”，他伶牙俐齿，很会说话。还时不时约几个人一起出去吃个饭，聚个会，很多人都把他当成了好朋友，都买了他的产品。

当然，有些人还是很反感他，还是不接受他卖的东西。

那段时间过后，黄坤不做微商了，又开始忙自己的事业。那些“朋友”平常跟他聊天、约他出去玩，他要不不理人家，要不就是简单回一句“没时间”……

又过了几个月，他又打算创业，但是没有合伙人，他就开始找他朋友圈的好朋友。这次，他的热情却没有丝毫作用，大家都拒绝了他，有的甚至都没理他。这时，他才发现，自己连个吃饭的人都约不出来了……

无论在生活中还是工作中，好的人际关系都十分重要，如果一个人拥有良好的人际关系，那么对于他的人生发展必然是有十分有益的。所以，从长远来看，我们应该维护好人际关系，才能让我们得到更多的“机遇”，获得更多的帮助和鼓

励。而不是把维护人际关系当成一种“救急”的手段，只有在急需别人帮忙的时候，才想起去维护感情。

这种带有“功利性”的方式通常会让别人感到反感，他们会觉得我们所做的一切都是虚情假意，就算我们一心一意去求合作，他们也大多会拒绝我们。

那么，正确经营人脉的方法是什么呢？

曹晔性格很开朗，他也很喜欢结交朋友，自己的收入每次付完房租就没剩下多少了，他还经常请朋友吃饭。

不仅如此，虽然大家上班都很累，但他还是经常和朋友联络感情，有事没事给他们打打电话。每个朋友过生日，他都会给对方一些小惊喜。有时，对方有什么困难了，他也总是第一个去帮忙解决。

有一次，有个朋友失恋，他还特意请假飞了几千米去安慰朋友。

后来，曹晔辞职后一直找不到工作，朋友们都纷纷帮他介绍新的工作，他没钱租房朋友们就合资给他租房……大家帮他渡过了最难的那几个月。

当我们在羡慕别人因为人缘好而生意做得好时，更应该看到他们为了维护人际关系而付出的努力。维护好一段关系，最大的特点就是“耕耘在随时随地，而收获在无意之间”。如果没有这样的远见，一个人再怎么努力，也不会有好人脉。

唐娜·费雪说：“建立人脉关系是为了接触更多的人，创造更多的机会。”换句话说，你不应该为了做成什么事而去刻意结交讨好，你的目的是认识更多的人，获取更多的信息，以增加达成目标的概率。即我们应该放大自己的格局，不要只是为了眼前的利益，而是要有远见。

建立人际关系网绝不是一朝一夕的事情，需要着眼于日常生活。下面列举一些方法：

第一，了解对方的最新情况。无论是对方的生活还是工作，我们可以时常打听一些，在和对方谈话时，我们要偶尔提及对方近况，这样能表达我们对他的关心，也能拉近我们的距离。

第二，向对方介绍自己时，多聊一些话题。比如自己的爱好、工作等等，让对方能够找到话题和我们交谈，从而加深彼此的印象，方便再次联系，也不会显得那么突兀。

第三，多问问题。当对方介绍自己或者说话的时候，我们可以多问一些问题，让对方知道我们在认真倾听，从而增加好感，而且也可以让我们更了解他们。

第四，平常多联系。不要做那种有事才联系的人，要把维护人际关系当成生活的一部分，花心思在保持现有关系以及建立新关系上。比如，偶尔和对方约着一起吃个饭，谈谈双方最近的情况；看到对方有兴趣的信息时，分享给他看看；知道对方获得荣誉时，向他表示恭喜。另外，当对方向我们求助时，我们也不要忽略，而应该尽量帮忙。

第五，选择正确时机：如果有重要问题，一定要等到双方关系成熟时，再提出来。如果双方感情还没到那一步，我们就提出一些过分的问题，很可能让对方觉得我们不可深交。例如，一个人在朋友宴会上刚刚认识一个有钱老板，见过一两面，认识还不足两周就匆忙让老板帮忙资助一大笔钱创业。这样的人，老板只会对其敬而远之。

放开心胸，不要在乎一些小得小失，要用长远的目光去看待人际关系。那些真正人缘好的人，大多是有远见，有格局的人！

5. 站在未来，看到别人看不到的机遇

生活中，我们经常会听到这样的话：“我几年前要是一狠心买了那里的房子就好了，现在价格都翻了几倍了”“真是吃了‘迷魂药’了，怎么就早几天把这股票卖了，要是不卖的话，现在车房都不愁了”……

在职场中也是如此，“白白浪费我几年时间，早知道我当时就选另一家单位了”“早知道就下海了”……说这些话的人往往不在少数，当他们发现之前的选择让自己获利较少的时候，就会开始后悔自己的选择。至于为什么后悔，主要原因就是没有看到当时与自己擦肩而过的机遇。

机遇对于每一个渴求成功的人来说都是非常重要的，抓住一个好的机遇，成功的可能性就会更大，能够达成的成就也就可能更大。每一个成功的人，都或多或少看到了别人看不到的机遇。

萧何“抓住”了韩信，当时，韩信不被所有人看好，最后却为刘邦打下了汉室天下；比尔盖茨抓住了加盟 IBM 公司的机

遇，成为了世界首富；马云抓住了电子商务的机遇，刚开始，大家都觉得电商是骗子，最后他却成就了阿里巴巴……

我们如果要想达到比别人更高的高度，那就必须看到一些别人看不到的机遇，这样我们才能完成一些别人意想不到的事情。

我们如何才能看到别人看不到的机遇呢？

张琳琳开了一家化妆品店，刚开始生意也挺好，客户几乎天天爆满。

就在大家都羡慕她的生意做得风生水起的时候，她却突然关闭了店面。然后打算在原先的位置开一家餐饮店，在找合伙人的时候，很多朋友都不想参与。

“这个地方怎么会有人来吃饭呢？你在这儿开饭店不得赔死呀？”朋友们大都拒绝了她，不过她也东拼西凑地凑够了钱。

不久之后，在她店的对面一座中学拔地而起，瞬间每天生意爆满，忙都忙不过来。很快，她又用赚的钱扩大了店面，开起了分店……

朋友们看到她赚得盆满钵满，都羡慕地说：“当时我怎么就没投资呢？真是没赚钱的命呀！”

如果让我们拿着今天的经验回到15年前，即：如果我们知道房价会涨这么猛；如果我们知道比特币价格会如此疯涨；如果我们知道腾讯的股票增长如此稳健，那我们绝大部分的人都可以比现在更成功。可惜的是，我们回不到15年前。

不过，这也给了我们一个看到机遇的方法，那就是“站在未来看今天”。在 2015 年贵阳国际大数据产业博览会上，阿里巴巴创始人马云发表了这样一段讲话：“我觉得任何事情要站在未来角度看今天，而不仅仅从今天的成绩、今天你能做什么和你的能力去看待未来。”

“站在未来看今天”即将眼光放到未来，站在未来的情境下或者未来我们想达到的高度，来思考现在我们身边哪些东西能够给我们带来更好的发展，而并不是简单地以为现在能让我们获得利益的就是机遇，不能获得利益的就不是。比如，上述张琳琳案例中，张琳琳就站在未来的情境下（自己店对面有一所学校），看到了以后化妆品店必然没有餐饮受欢迎的情况，于是果断抓住这个机遇，成就了令人生羡的事业。

特劳特中国合伙人李湘群就曾表示：不要以现在思考未来，而要以未来决定现在，这个简单的思路改变将会改变人的格局。只有提升自身的格局，放眼未来，站在未来的趋势中看待今天眼前的一切机会，看到那些别人看不到的机遇，我们才能一路稳步向前，得到更大的成功。

那么，在生活或工作中，我们还有什么其他方法能看到别人看不到的机遇呢？

第一，不走寻常路。如果我们选择和大部分人同行，那我们看到的东西也与他们没有什么不同。只有敢走不寻常的路，我们才能看到别人看不到的“风景”。比如，竞争公司都在想着怎么在同产品领域压过我们，我们不如试着研发新的产品，不和他们一样只在以前的产品上较劲，说不定会有新的机遇出现。

第二，坚持自己的方向。很多人选择了正确的方向，但不是每个人都能坚持下去，更多的人会半途而废。而要看到别人看不到的机遇，我们就需要有足够的自信来坚持我们的方向，那样我们才能看到机遇的出现。比如，袁隆平刚开始研究杂交水稻的时候，国际权威专家众口一词：水稻基因性状无法通过人工改变。但袁隆平还是坚持自己的想法，最终培育出了南优 2 号，享誉世界。

第三，厚积薄发，等待机遇。人们能看到多少机遇有时也取决于人们知识面的宽窄，比如，你只懂写字、画画，就算一个软件开发的机遇摆在你面前，你也没法发现。所以，要想看到别人看不到的机遇，不妨好好沉淀自己，增加自己的知识积累，你的知识多一点，你比别人看到的机遇就多一点。

发现机遇当然是一个十分重要的事情，但是，在发现机遇后，我们也不要沾沾自喜。毕竟人生也不是依靠一两个机遇就能高枕无忧的，我们还要不断提升自己的格局，培养自己的眼界，借此发现更多的机遇。

6. 没有危机感，下一个淘汰的就是你

很多人都抱着“当一天和尚撞一天钟”的心态来工作、生活，每天上班的时候想下班，下班的时候就想玩。既能依靠工资养家糊口，又不用费心去思考未来，看起来风平浪静。可是，如果过上这样没有危机感的生活，可能下一个被淘汰

的就是我们。

前段时间有这样一条新闻：

为了解决交通拥堵，以及一些不合理的收费现象，促进交通运输业的发展，唐山市政府把地方的各个路桥收费站取消了。本来，这项举措可谓大快人心，但有些人却不满意，这些人就是一些收费站的工作人员。

网上流传了一个关于这些人向领导讨说法的视频，虽然人社局已经按照《劳动法》给予了他们相应的经济补偿，可他们还要求政府解决工作问题。

其中一位大姐还振振有词地说："我今年36，我的青春都交给收费站了，我现在啥也不会，也没人喜欢我们，我也学不了什么东西了。"

没有危机感的人更容易身处危机当中。很多人觉得眼下过得去就代表余生也过得去，可是，哪有一帆风顺的人生！每个人在生活中都会遇到一些让自己焦虑、一时难以解决的问题。如果我们没有一定的危机意识，等到危机降临的时候，通常都会手忙脚乱、惊慌失措。

哈佛商学院教授理查德·帕斯卡尔曾说过："没有危机感，就是你面临着的最大危机。"尤其是那些让人享受安逸的东西，背后很可能隐藏着巨大的危机。如果我们仅仅为图一时的享受，就忽略掉了这些东西以后会带给我们的危机，那未来我们被淘汰的原因可能恰恰就是这种短见的思维。

这种目光短浅的"享乐"行为，也必定会让我们的人生高度受限，阻碍我们的发展。我们只有让自己时刻保持着危机感，才能在面对未知事物时，带给自己更多的安全感。

陈欣在一家颇有实力的外资企业上班，刚进入公司时是一名基层结算员，在公司6年，通过自身不断努力晋升为了一名结算主管，工资待遇丰厚。

虽然职位和薪资陈欣都挺满意，但她一直没有觉得自己这样就挺好，而是时常用一些空闲时间学习一些专业知识，考取了一些有工作年限才能考的专业资格证……而和她一期的其他几个主管，每天做完自己的本职工作就下班了。

不久之后，大学生毕业季，公司又招进了很多大学生。因为很多主管的工作内容大学生都可以担任，而且工资要求还比较低，所以除了陈欣和几个特殊部门的主管外，大部分主管都被裁掉了。

不久之后，陈欣的位子也被新来的大学生顶上了，陈欣被领导又升了一级。

可能大部分人都知道“生于忧患，死于安乐”，可是很多人眼里只有“安乐”，却看不到“忧患”。忧患意识即是对未来抱有危机感，只有对未来抱有危机感，才能提前做好准备，才能在危机来临时从容应对。

尤其是对身在职场中的我们来说，每个职位都面临着被取代的危机，我们就时时刻刻可能面临“下岗”的危机。只有提高自己的核心竞争力，对生活充满危机感，我们才能在变化多端的职场环境中不被淘汰，得以立足。

越是格局大的人，越具有危机意识，他们会将危机感作为应对未来的先机。比如，微信的诞生，其实正是源于腾讯的危机感。当时，微博兴起，对于腾讯来说，就是一个有力的竞争对手。腾讯高层立马意识到了危机感，于是马上研发新产品，微信才与人们见面。马化腾后来说："坦白讲，微信这个产品出来，如果是在另外一个公司，那我们可能根本就挡不住。"

腾讯意识到了危机感，立马抢占先机推出了微信，才成功保留了用户。那些具有高层次危机意识的人，他们一般都比较有远见，会在危机来临前就做足准备，甚至通过预判，使得他们在危机来临前，率先想出应对方法并从中谋求发展。

要想应对更难的挑战、适应更复杂的环境、取得更高的成就，就得做到未雨绸缪、居安思危。那我们又该如何才能让自己保持危机感呢？

第一，多联系比自己优秀的朋友。比较往往能让人产生落差，在这种落差中，危机感也就随之而来。比如，当你只有三四千的工资时，不妨看看那些月薪过万的朋友，心理落差会让人时刻保持被淘汰的危机感，就会想方设法更努力。

第二，时刻和身边的同事进行比较。我们要比较的当然是工作能力，包括工作速度、态度、完成度等等。让自己明白自己还有哪些短板需要加强，时刻和同事保持一种积极竞争的状态。

第三，让自己接触难度更大的工作。如果一直做一些自己轻车熟路的工作，我们很可能会觉得自己已经不用继续学习了。只有不断接受新的挑战，我们才能不断地完善自己，让自己的综合能力越来越强。

危机感还会在一定程度上激励我们前进，让我们不断学习，变得更优秀。因为具有危机感的人明白，一旦停止学习，那些正在努力的人就会赶超自己。

7. 真正让你一无所成的不是贫穷，而是心穷

有那么一些人，总是把自己的遗憾和失败归因于穷。因为穷，所以没有报自己本来想报的培训班，没有证书，最后就只能眼睁睁地看着一个个好的工作机会擦肩而过；因为穷，没有钱可以挪出来去到处旅游，所以当别人提起自己的旅行见闻时无处插嘴……

赵鹏家里不是很富裕，相比其他同学，他每个月的生活费仅够生存。

放暑假的时候，同学们叫他一起去打暑假工，他说："算了，我还是留在宿舍吧，出去打工还得花钱吃饭，我哪有钱在外面吃饭呀！"

学校的各类证书考试他也不参加，他总是说："吃饭钱都不够，哪有钱考证书呀！"

毕业的时候大家都找到了工作，他却因为一张白纸的简历一直没有着落，他跟宿舍的一个好朋友抱怨自己太穷，导致自己现在什么也干不成……

导致一个人一无所成的原因真的都是所谓的贫穷吗？其实并不是。可能相对于其他人，有些人确实经济拮据，可是，

只看到了自己当下的贫穷，觉得现在没有钱就做不了想做的事情，将没钱和不去行动理所当然地绑在一起，不去想办法改变，想办法行动，这种心理上的贫穷才是一个人一无所成的真正原因。

当一个人心穷的时候，往往会变得目光短浅，只能看到眼前的得失，而看不到更远的未来，更不会为了未来的发展做出短暂的牺牲。他们常说的话是：

“上了一整天班，回到家只想吃个饭、追个剧，然后睡觉，哪有时间看书、健身？”

“这个月缴了房租、水电费，哪有闲钱报班学英语？”

……

心穷的人，眼光只能看到现在，于是每天都在不断处理当天出现的问题，而不会看到未来的路。还总以为只要有钱了，一切贫穷引起的问题就都能够得到解决，事实上，经济上的贫穷可以改善，一旦心穷了，就很难再矫正。

周丽的父母身体健康，也没什么残疾，可是他们家却是村里最穷的人家。

周丽学会了做蛋糕，想做蛋糕赚钱，就让父母帮忙买一个烤箱回来，父亲便说：“买烤箱干什么，浪费钱，一个烤箱几千块，地里一年的收成就没有了。”

“买了烤箱可以做蛋糕点心，可以赚钱啊！”周丽说。

父亲立马接着说：“你能保证一定能赚钱吗？赔了怎么办？地里一年的收成就没有了。”

这件事不了了之。后来，周丽谈了个男朋友，对方家里是做生意的，周丽父母嫌弃人家没房没车，硬生生拆散了他们，让女儿嫁给了村里一个有房子的人。

后来，周丽的前男友生意越做越好，买了房车，成了村里最有钱的人……

人不怕身穷，只怕心穷。在心穷的人眼里，跟眼前的利益得失比起来，其他任何东西都是一文不值的。在心穷的人身上我们往往看不到对未来的希望。这样的人，多是人生格局狭小，成不了大器之辈。

我们要想有更大的成就，不愿碌碌无为，就得有远见，不要被眼前的利益束缚。就算再穷，也千万不要让自己变成心穷的人。

那么，我们该如何做才能避免成为心穷的人呢？

首先，遇到障碍多想我应该怎么克服。心穷的人一旦遇到障碍，就会不由自主地选择退缩，对自己的期望值比较低，觉得自己应该做不到就会选择放弃。我们必须改变这种思考问题的方式，遇到问题，多想想要怎么解决，而不是放弃或者破罐子破摔。

比如，我们接到一家心仪的公司的面试通知时，即便因为自己能力的问题，我们不被选上的几率很大，第一反应也不能是“应该不会要我”“有些条件我可能达不到”或者直接不去面试。而应该想“我一定要去试试”“他们很好，我也不差”“我一定要尽我最大努力去争取”……

其次，在提升自己的事上，别怕花钱。心穷的人，大多不会为自己的未来消费，他们只相信看得见的东西。我们只有放开眼界，才能提升自己的格局，不要因为现在的一些经济问题，让我们的前途一片灰暗。比如，我们要是考了会计从业资格证，会让我们未来的职业发展道路更加有保障，我们就报班，哪怕找朋友、亲人借钱，哪怕经济一时陷入困境，也总比看不到出路，苦苦挣扎要好得多。

再次，多折腾。细心观察，你会发现，那些爱“折腾”的人往往更容易成功。而心穷的人往往都是不敢冒险的，即便知道风险背后的利益，想到失败的可能，还是会选择放弃。我们要能折腾并且不怕折腾。比如，在上班的时候，突然发现个项目，我们很确信它能成功，那就投资去做，失败了大不了重新找工作，我们还能多收获一些经验。

贫穷可能不会让人穷一辈子，而心穷往往会束缚人们的眼界，影响人们的格局，让人一无所成，可能就会让人穷一辈子。

第二章

受得了多大委屈，配得上多大成功

NIDE
CEJU JUEDING NIDE
CENGCI

1. 有一种“挨骂”是在考验你的气度和格局

无论是在职场上还是生活中，任何人都免不了被批评和被指责，虽然我们知道这是很普遍的事情，但却经常不能理智对待。一个人在对待挨骂和受批评时所表现的态度往往就体现了他的气度甚至格局。

张超刚进公司不久，对公司的部门不是很熟悉。

有次，经理让他把一份报表送到物资部，结果他给送到了财务部。那天经理本来心情就不好，物资部的人打电话催要报表的时候，经理一下就炸了。

“你是耳朵有问题还是眼睛有问题，让你送个报表还能送错?”

“这点小事都做不好？你怎么会这么笨?”

张超一下忍无可忍地怼了回去：“本来就不是我的工作，你偏要我做，错了又怪我。”

经理一脸错愕地看着张超，张超继续说：“我又不是受气包，找我撒什么气!”

经理被怼得哑口无言，从那以后，经理和张超的关系越来越差。几个月后，张超被迫离职。

当我们被别人批评辱骂时，有时明知道不能和对方发生冲突，比如，对方是我们的重要客户，我们反应过激很可能会让我们失去客户；对方是我们的上司，我们反应过激就可能给我们之后的职场之路添堵。可很多人依然会控制不住自己的情绪，和对方理论或者对骂回去，甚至有可能大打出手，似乎只有这样才能让我们不那么委屈难受。

如果只看现在，我们可能会觉得这样会让我们的委屈得到缓解，不满得到释放。可是站在大的格局上来看，这样的做法往往会让别人觉得我们气度小，没有容忍之心，事情过去之后，别人也只会记得我们爆发的情绪，不记得原因，徒留给别人我们容忍力不够的印象。甚至会使得别人与我们为敌，以至于影响我们未来的发展。

那么，我们到底应该怎么对待别人的辱骂呢？

赵麟在本部门算是老前辈了，前不久，有一个业界知名难搞的客户，公司很多同事都搞不定，老板就让赵麟接手。

在一次会议上，那个客户对赵麟的策划书不满意，不但以言语人身攻击，把之前累积的不满宣泄在他身上，还把策划方案丢在地上，要赵麟认错道歉。

赵麟看到客户把自己辛辛苦苦做的策划书丢到地上，实在无法接受，觉得这是人格伤害，当场就想转身拍桌子走人。

不过他思考再三，并没有这么做。他放下了自己所受的委屈，捡起策划书，向那个客户深鞠躬，说道：“对不起，我们会再努力。”

客户被他的举动吓到了，没再生气，这单生意也就谈成了，赵麟也因此升了一级。从那以后，只要是赵麟来谈，和这个客户的合作基本都能成交。

受到别人的恶言相向，我们通常会觉得那是对我们的羞辱，自尊心使然，我们会奋起反击。而一个真正有格局的人会把每一次挨骂都当成一次进步的机会。人不会仅仅因为被称赞而变得更好，也不会因为羞辱而变得更差，因此，不要太在意别人的言语。

如果我们在挨骂的时候，能够受下所有的委屈，把别人的批评和不满转变成一种帮助自己前进的力量，向别人展示我们的大度和格局，反而能让别人更加欣赏我们，愿意给我们的发展提供帮助，从而让我们获得更多的发展资源。这样下来，我们也就可能获得更大的成功。

我们该如何在“挨骂”的时候让别人看到我们的气度和格局呢？

首先，诚恳认错，认真检讨。如果确实是因为自己不对而被骂了，无论对方说得多难听，我们都要诚恳接受对方的批评，认真检讨自己的不足。这样能让对方感觉出我们是知错就认的人，而且当我们检讨自己的不足时，能让对方感受到我们认错的诚意。比如，我们上交的报表有一个数字多打了个“0”，让上司又得重新做统计，在上司骂我们时，我们要表达自己知错了，并向上司说出我们错的是哪里，以及自己做错的原因。

其次，不要反驳。无论自己是对是错，都不要顶嘴。就算自己是对的，对方骂了我们，我们也不要以牙还牙，与他对骂。等对方冷静下来，事情平息之后，对方往往会欣赏我们的宽容和气度，也会反思自己的恶劣态度。

再次，表达对对方的感谢。即使是对方错了，我们也要向对方表达谢意，让对方看到我们不仅不计前嫌，反而还给他台阶下，从而体现我们的大度。比如，上司冤枉了我们，已经骂过了，他来道歉，我们可以说："这不怪您，您关心每个员工都是应该的，这种恨铁不成钢的心情我可以理解的。"

当面对辱骂时，我们不要愤怒，也不要惧怕。我们要相信每次吞下的委屈，皆是提高自己气度的养分。当气度大了。我们的格局也会随之打开，便能使上司对我们的信赖度提高，让我们承担比别人更重要的任务，我们就能获得更多的机会。

2. 面对不公，抱怨不如改变

面对不公时，很多人都会自然而然地开始抱怨，好像抱怨过了，这些不公的情况就会有所改变。然而，事实真是这样吗？

毕业后，李苗感觉自己一直遭遇着不公：

面试自己喜欢的企业时，以为自己稳操胜券，HR最后却选择了比她漂亮实力却略低于她的一个姑娘，李苗抱怨说："这也太不公平了吧！怎么能这样？"

后来进了一家不怎么喜欢的企业后，她时常抱怨自己的直属上司："我那个上司就是人渣一个，老把下属的工作成果说成自己的，为什么别人的上司都那么为下属着想，这也太不公平了。"

抱怨自己工作不好："我的工作每天都在重复，太无聊了，人家小刘跟我一起进的公司，人家的工作多有意思，这太不公平了。”

……

一段时间以后，同事们觉得李苗太碎碎嘴，没一点气度，都开始疏远李苗。老板也经常听到李苗的抱怨，便故意给她加大工作量……

最后，她在自己的抱怨声中选择了辞职。

无论在职场还是生活中，每个人都会遇到很多对于自己来说不公平的事情。面对不公，我们感到委屈，这些委屈往往还无处发泄，于是我们就把它们都倾注在对不公的抱怨里。如果只考虑现在，这样做确实能让内心的委屈得到减弱。

但抱怨是一种十分消极的情绪，会极大地打击我们的积极性，使我们无精打采，萎靡不振，破坏心情，影响工作和生活质量。我们的抱怨除了能暂时宣泄一下自己的情绪外，没有任何其他好处，还会让我们的人生变得更糟。

只是抱怨是无法改变事情本身的。常常抱怨不公的人多是心理承受能力差、受不了委屈的人。这样的人通常只关注自身的情绪，不在乎别人对自己的看法，也不管事情的未来发展，发展格局一般都比较受限，没法取得大的成就。

那么，面对不公时，我们怎么做才是大度的做法呢？

李宁在公司快两年了，表现一直十分出色，但却因为经理的原因一直没有升职。

第一年竞选主管时，同事们都以为李宁肯定会成功的，可是经理却最终把职位给了一个和他关系好的人。同事们都替李宁鸣不平，李宁却并没有抱怨太多，而是更加努力地工作，让自己的工作能力更加娴熟。

第二年，之前的主管调任，李宁又是主管最有希望的候选人，可经理又将职位给了一个新来的女同事。李宁还是没有抱怨，他不仅学习本部门的技能，还学习很多其他部门的工作技能。

后来，在公司组织的一次技能大赛中，领导看中了他的才能，将他调到其他部门担任主管一职。没过多久，因为能力出众，他又被再次升职。

与其成天做些没有用的事情，抱怨着自己遭受的各种不公，将生活搞得一团糟，还不如做一些有意义的事情来改变它。从人生大的格局来看，只有接受委屈、看轻现在的痛苦，努力让自己变得更优秀，我们才有精力关注未来的发展。

面对不公，停止抱怨，只有能够接受更大委屈的人，才可能厚积薄发，在之后获得更大的成功。而且，让自己做出改变来让这种不公变得不明显，这样我们再遇到不公时，才能减少它给我们人生发展造成的负面影响。

在面对不公时，我们该怎么做出改变呢？我们拿下面几个情景来说明：

第一，当上司举贤唯亲。这种情况下，真正有实力的人反而被埋没了，这对于我们的职场发展是非常不公平的。对于这种上司，我们的抱怨不仅解决不了问题，还可能得罪上司，我们的职场发展就更难了。这时，我们应该努力强化自己的工作能力，等学到了足够的技能，如果公司还是没有解决这个问题，我们就可以凭借着自己的能力去其他公司。

第二，当客户对我们百般刁难。对于客户，我们要给对方留下好印象。就算对方明显表现出了对我们的不满，我们也不要抱怨，而是尽量做出改变去满足对方的要求。当对方看到我们做事的格局，最后反而有可能改观。

当然，如果没得到“命运之神”的眷顾，比如，没出生在富贵之家，买彩票不中奖等等这些我们无法改变的，就更不需要抱怨了。如果连这些我们都要抱怨一下，我们就真的是“玻璃心”了，成不了什么大事儿。

3. 梦想被嘲笑了，也别轻易放弃

很多人都有一个属于自己的梦想，并且会想办法去实现它。实现梦想的过程应该是被人尊重的，可是，有时，总有那么一些人会来嘲笑我们。

张楚从小就有个律师梦，但因为家庭的原因，高中毕业后不得不辍学回家。但他并没有因此放弃自己的梦想。

每次家里的农活忙完后，他都会挑时间去城里的图书馆泡着，看关于司法方面的书。村里人知道他要当律师的时候，都嘲笑他说：“高中都没上完，还想当律师，做梦吧！”

随着身边的议论、嘲笑越来越多，就连家里人也开始说：“你有这时间不如去打工赚点钱，不然以后结婚都结不起了”，梦想不被理解，张楚越来越觉得委屈。

第一次参加律考失败后，张楚每次想去图书馆的时候，都会想到大家的嘲讽，他开始怀疑自己的选择到底对不对……

梦想，是一个人对未来的一种期望，是期盼在未来可以达到的目标，这个目标必须通过努力才可以达到。梦想会给人们指出前进的方向，会让人们对自己的未来有一个清晰的规划，拥有梦想的人多是有大格局的人。

但并不是所有的梦想都能被别人看好。当我们的梦想被人嘲笑时，当我们的努力不被认同、想法不被理解时，自然而然就会觉得很委屈。一个两个人还好，如果很多人都来嘲笑打击，那我们的内心很可能就会打退堂鼓。特别是梦想受到挫折的时候，此时再听到别人的嘲讽，就会更加怀疑自己。

其实，大多时候，那些被嘲笑的梦想，恰恰正朝着正确的方向前进。

1884 年，尼古拉特斯拉用自己的发明向爱迪生证明着美国电力可走进千家万户，还不到两分钟，他的图纸就被爱迪生当场撕碎。在场的人都嘲笑他胡言乱语，可他绘制了人类史上第一台交流发电机和 220V 民用电的最早蓝图……

1886 年，一个开着噪声很大的机器的人出现在慕尼黑街头，向大家展示着自己的发明。然而，马车店老板嘲笑发明者买不起马，路人纷纷用石头打这个机器，当地交通法也以惊扰行人为由，禁止这个东西上路，但这个人却发明了人类历史上第一辆汽车。

1903 年，北卡罗来纳上空出现了一个“东西”，发明者告诉大家它能像鸟一样飞，但升空不到一分钟，这个东西就掉落了，大家都嘲笑这个发明者是骗子、异想天开。但这个发明者发明了人类历史上第一架飞机。

……

我们的梦想被人嘲笑了，其实并不能说明梦想不好。当一个人的梦想被他人嘲笑时，往往大家看到的只是这个人的现状和所处的社会环境，梦想是属于未来的，有梦想的人也许看到的正是其他人看不到的未来。比如，马云当年要做电商时，别人嘲笑他会成为创业一族的“炮灰”，但他却看到了商界先机，最终创建了阿里巴巴。

高晓松就曾说过“不被人嘲笑的梦想，不值得追求”，其实很多时候，被嘲笑的梦想，才更有价值。我们拥有被嘲笑的梦想，或许就说明我们拥有更广的人生格局，我们能达到别人达不到的人生成就。所以，当自己的梦想被嘲笑时，不要因为觉得委屈就轻易放弃它，我们更应该为之努力、奋斗。

为了不被嘲笑干扰，为了能让大家更坚定地坚持自己的梦想，我们给出以下几个方法供大家学习：

首先，面对嘲笑，不反击、不解释。当别人嘲笑我们的梦想时，不要试图得到别人的理解。一个人的视野有多远，格局就应该有多大。如果有人只会关注眼下的情况，那跟他解释再多，他也不会信服。我们不如腾出时间继续去为我们的梦想努力，不给机会让他们说更多嘲笑我们的话，我们也能少受些委屈。

其次，远离那些老是嘲笑我们梦想的人。如果一个人总是嘲笑我们的梦想，我们在这样的环境里很容易被带跑，而且他这样做说明心底不希望我们变得更好。对于这种人，我们要选择远离，同时也是远离我们受委屈的根源。

无论别人怎么嘲笑，我们都要不忘初心，坚持自己的梦想。只有全身心为梦想奋斗，才能做得更好。如果想回击那些嘲笑我们的人，用实现梦想来回击才是最有力的方式。

4. 将丢脸看作对意志的磨炼

每个人都可能在别人面前做过令自己难堪的事情，当这种难堪让我们觉得面子挂不住时，也就成了所谓的“丢脸”。不同的人对待“丢脸”的态度不同，而我们往往就能从中看出一个人的格局大小。

周冲刚到公司不久，工作能力非常出色，领导很看好他。

有一次，公司要求做一个各部门的工作状况汇报。周冲的经理想让周冲表现一下自己的工作能力，就选了周冲作为代表在大会上做汇报。

周冲上台后十分紧张，光打开自己的 ppt 就用了五六分钟，全程声音非常低，而且断断续续。等他做完报告，现场响起了七零八落的掌声，他红着脸回到了自己的座位上。

那天之后，他不跟同事一起吃饭，见人也不打招呼，总是低着头走路，所有关于当众发言的事情他都有意避过……

最后，由于他的逃避，很多工作都被耽误了，领导也只有选择辞退了他。

所谓“丢脸”不过是人感觉自尊心被践踏的一种通俗说

法。每个人都有自尊心，自尊是人的一种精神需要。从一定的层面来说，让尊严不受践踏也是人的本能和天性。因此，很多人都会抵触“丢脸”。

格局小的人害怕丢脸，就会想办法避免丢脸，对那些可能让我们丢脸的事情敬而远之。短期来说这样是能让我们少受很多闲言碎语，少承担很多心理压力。但是，长此以往，我们可能错过很多获得更高成就的机会。

如果我们喜欢一个姑娘，因为害怕被拒绝，害怕丢脸，就不去表白，那很可能会让我们错失一个真正喜欢的人；

如果有机会让我们在老板面前表现自己，我们害怕做得不好丢脸，就放弃了机会，这样很可能会让我们丧失了几年来唯一的升职机会；

如果辛辛苦苦写完了一本书，害怕发表出来被大家嘲笑，就扔掉了，很可能就把我们一生唯一一次当作家的机会放弃了；

……

格局小的人，只看得到丢脸给我们带来的心理困境，看不到给我们带来的机遇。通过对比，我们不难发现，对于那些我们可能错过的未来，丢脸其实并没有那么可怕。

而且，“丢脸”对于我们的意志来说也是一种锻炼。当我们丢脸的时候，那时的窘迫我们肯定会铭记于心，这就会让我们无时无刻不在想着要怎么避免这种情况。那我们为达到这个目的，就会付出更大的决心和毅力。

丢脸只是暂时的，一时的尴尬过去后，反而会督促我们努力提升自己，每一件事都会用坚定的意志力去完成。意志力是一个人成功的关键，只有拥有坚忍不拔的意志力，我们才有可能成功。从长远来看，丢脸其实也是有利于我们以后人生发展的。

我们要如何利用丢脸来让我们获得发展呢？

一方面，不要怕丢脸，只有我们放弃过重的心理包袱，让脸皮“厚”起来，心理强大起来，在和别人沟通、交流时，才能不卑不亢，更加有自信，在交际场上自然就会游刃有余。

另一方面，利用丢脸发现自己的弱点，进行克服。在丢脸的时候，我们会清楚地意识到自己哪方面还不够好，会被人所耻笑。比如，我们演讲结巴丢脸，我们就知道是自己胆怯；领导问我们问题，我们答得不好丢脸，我们就知道是自己专业知识欠缺。然后，我们再来想办法弥补自己的不足，从而让自己更优秀。

如果什么都不做，可能不会有丢脸的挫败，但也同样永远不会有惊喜。真正有格局的人，不会害怕一时的“丢脸”，这对于他们来说反而是一种激励，一种成长。

5. 不把一时的失意当成世界末日

没有人的一生会一帆风顺，每个人都会有遇到挫折、不如意的时候。千万不要把这些一时的失意当成世界末日来看待。

李哲工作了两三年后，就拉了几个合伙人开始自己创业。

凭借着自己的专业知识和敏锐的洞察力，公司前期的发展一直很顺利，一段时间后，便准备扩张业务领域。商量再三，李哲最终决定在餐饮业投入自己的产品。

可是，当他把产品都研发出来的时候，市场却突然发生了变化，餐饮业对他的产品的需求变得很小。眼看着一大笔货快烂在自己手上，李哲整天愁眉苦脸，毫无心思处理公司其他业务……

因为李哲的消极态度，其他几个合伙人也纷纷撤资，公司最后只有选择倒闭。

在遇到重要的事情时，我们每个人都可能面对这样的情况：我们费尽心思想要做成它，结果失败了；我们以为自己用了唯一正确的方法，结果失败了；我们耗尽所有的资源想要做成它，结果失败了。

面对这样的结果时，心里的委屈就会无限增大：明明我已经很用心了，为什么还是失败？明明这就是唯一的方法了，为什么还是失败？明明我已经尽力了，为什么还是失败。有些人就会开始觉得这个世界是黑暗的，一切都没了希望，自己再也没办法达到自己想要的目标了。

其实，这些人可能真的再也达不到他们的目标了，不过不是因为再也没有希望了，而是因为自己的格局太小。面对不如意，一旦格局太小，我们就会觉得现在的失败就是自己的全部人生，深陷失意所带来的心理压力之中，无暇顾及其他，从而人生发展止步不前甚至倒退。

那么，作为有大格局的人，应该怎么看待自己的每一场失意呢？

1995 年，他不顾家人朋友反对辞掉公务员，追随南下的打工潮，来到广州，找到了第一份工作。

1996 年，他所在的公司便出现了危机，他只好离开去寻找第二份工作。

1997 年，他的第二份工作所在的公司又无法继续运营下去，自己又无奈选择离开。

前两次自己事业夭折后，他没有一蹶不振，而是经过长时间不断地思考，总结其中经验，决定开始自己创业。

于是，在 1997 年 5 月，他创立了现在的网易。他就是丁磊，现任网易首席执行官。

在有格局的人眼里，失意只是成功的起始阶段。人要是没有经历过失意，那他获得的成功就是不完整的。我们经历的不如意，往往会让我们心智更加成熟，经得起更大的挫折，成就更大的事业。

格局大的人不会在一时的不如意中一蹶不振，甚至会感谢曾经遭遇过的挫折。爱迪生也是失败了一千次才发明了电灯。只有不断跌倒，不断站起来，我们才能在失败中不断完善自我，从而获得更大的成功。

成功的人一直都知道，成功从来都是眷顾有准备的人。如果总是因为失意踌躇，我们很可能和成功失之交臂。只有将失意看成我们成长的养分，我们才能免受失意所带来的心理折磨，有更多的心思，为未来做更好的准备。

那我们面对失意时，又该如何做才能对我们未来有益呢？

首先，学会转移自己的注意力：失意的时候，我们只有尽快让自己心理状态调整好，让自己不要再纠结过去的失败，才能让我们少浪费时间。这时，可以试着让自己的注意力转移一下，缓解一下自己的心理。比如，去听一些音乐，经常跑步等等。

其次，找到失意原因，加以纠正。比如，一起参加比赛，自己以为稳赢，别人却拿了第一。我们可以看看是我们能力不济还是发挥失常。如果是发挥不好，就在以后的比赛中都提醒自己做好准备再上场，如果是能力不济，我们就继续充实、提升自我。

再次，调整自己的期望值。如果是自己的期望值超过了自己的能力，比如，你一点表演水平都没有，还一定要去考中戏，除非是极具天赋，否则，遭遇失意在所难免。有时，换个期望值，先达到了低的再去追求高的，可能让我们进步得更快。

最后，不要一条道走到黑。在失意的时候，我们往往会觉得自己的方法是对的，将失败归结于时运不济。如果我们再要尝试，不要一直用老办法，这样不断地碰壁会让我们失去希望，我们可以多试试其他方法。

失意或许会让我们委屈和难受，但只要忍受住这些，它就可能让我们获得更强大的内心。失意并不可怕，可怕的是我们的心被失意填满，再也提不起斗志去追求成功。

6. 遭遇背叛，如何活出开挂人生

每个人都可能遭遇背叛，当遭遇背叛时，我们通常会觉得委屈、伤心、愤怒，有时控制不住自己的怒火还会大打出手，这样做会对我们造成什么影响呢？

白晓所在的公司组织了一次技术交流会。在策划方案的选取中，白晓的方案脱颖而出，他将作为公司的代表去参加这次交流会。

当天下午，他和玩得很好的一个同事一起吃饭时，很自然就聊到了出国交流会。白晓和同事说了他是怎么争取到这个机会的，方案是怎么做的。

第二天，领导就找白晓谈话，说是公司里有人提出了一份更好的方案，他的方案被淘汰了。不久之后，当白晓看到代表公司的人是和自己一起吃饭的那个同事时，他体会到了背叛，于是，十分愤怒地找那个同事理论。

对方准备撕破脸皮，死不认账，两个人扭打在了一起，无奈之下，同事们只有选择报警……

从警察局回来后，两个人双双被公司开除了。

其实在生活中有很多这样的例子，双方利益没有冲突时，大家还是好朋友，一旦遇到利益的归属问题，原本的朋友就很可能倒戈相向。背叛，通常发生身边的人之间，或者亲人，或者朋友。所以，它给我们造成的委屈和伤害会非常大。

一旦被自己曾经所信任的人背叛，我们的心中往往就开始想“为什么他会背叛我？”“我和他关系这么好，他怎么能做这种事？”越想越委屈，越委屈，我们就越想找对方问个明白，想让对方承认他的错误。

如果从眼前的情况来看，我们这样做确实合情合理。毕竟是对方不对，我们这样才可能弥补自己的损失和排解心中的委屈。可是，当别人已经背叛我们，他已经准备好了跟我们分道扬镳，我们这样去找他，只会是两个敌人之间的对峙。他不会妥协，我们也不愿让步，这样不仅会加深我们的仇恨，还可能让双方做出冲动的行为，这对我们的往后发展是非常不利的。

如果以长远的眼光来看，遭遇背叛也可以当成一种锤炼。

周航在职场摸爬滚打了两年后，便准备自己创业。因为自己独到的见解，很快自己的方案便引来很多投资者。

和自己多年兄弟的彭玉也过来说和周航合伙，周航二话没说就答应了。在公司签订股权合同的时候。因为自己不是很懂，便把这块都交给彭玉负责了……

结果，公司起步不久，周航就因为持股问题，被挤下了董事长的位置。

周航愤怒地辞去了在那个公司的职务，自己又进入新的公司，开始了解建立公司时的各个细节，而彭玉因为经营不善，宣布了倒闭。

两年后，周航又重新创业，这次他都是亲力亲为，监控每一件事，自己的公司发展非常快，迅速成为了行业里数一数二的企业。

从长远来看，我们遭遇的背叛都将成为我们成长的经历，它会时刻提醒我们“防人之心不可无”。早点看清人性，我们就能让自己更懂得识人之道，即使再遭遇背叛，损失也会更少。对于漫长的人生而言，这未尝不是一种难得的经验。

而且，被背叛时，我们能理智冷静地化解危机，内心也会变得更强大。如果连背叛的委屈和痛苦都能忍受下来，那我们就会更有信心去迎接人生中的各种大风大浪。内心的沉稳是我们成功的重要因素，往往我们受得了多大的委屈，就配得上多大的成功。

扩大我们的格局，我们就会发现，背叛带给我们的痛苦和折磨可能只是一时的，而它能带给我们的经验和磨炼才是最宝贵的人生财富。

那么，我们在遭遇背叛时，该如何处理，才能让我们从中获得更大的发展呢？

首先，不要试图让对方认错。如果一个人背叛了我们，他肯定会犹豫很久，当他决定去做的时候，他已经选择了牺牲我们。这个时候，他只会把我们看成陌路人，就算认错，也只是浮于表面。这就会在我们身边埋下更大的隐患。

其次，不要试图追根究底。背叛本来就是让双方烦躁的话题，这个时候我们如果还问他“你为什么背叛我？”等等，只会让对方想办法来开脱，最后往往就会变成互相指责。这就会让我们本来是占理的一方，反而和对方站到了一个层面。那我们所受的委屈就更加的大了，可能会让我们控制不住情绪，和对方发生肢体冲突。

再次，利用背叛我们的人。有些人就是喜欢背叛别人，从中获得利益，那我们不如利用他这一点，让他来“帮”我们做成一些事。当然，这必须像案例中周航这样，我们只是利用他们来自保，而不是来伤害他人。

虽然背叛无处不在，我们自己还是要保持本身的良好德行，不要随波逐流，看别人背叛我们，我们也就背叛别人，那就是没有格局之人的做法了。

7. 质疑和否定是成功路上必不可少的

“你文章写成这样，恐怕想当作家有些难呀！”

“你别追她了，你俩之间看着就不可能呀！”

“你还是别在这个客户身上白费力气了，你拿不下他的。”

……

从小到大，我们总会不断地听到别人的质疑声，或者来自父母、或者来自领导、或者来自同事、或者来自朋友。当面对别人的质疑时，我们应该怎么做呢？

李政毕业后在一家食品公司上班，工作一段时间以后，他想考研，去学自己一直以来都喜欢的声乐。

每当他在宿舍挑灯夜读的时候，同事们就开始“热闹”起来。

“你这大学学的也不是声乐，现在才开始，有些晚了吧，你看那些唱歌的都是从小开始学的。”

“考研很难的，当时在学校都没学，你现在这么学学就能考上吗？还是别浪费时间了。”

“这个东西还是要看天分，你这么多年了都没在这方面有突破，恐怕有点悬呢！”

……

李政每次想辩驳，又觉得人家说的有道理。一段时间以后，他连书都看不进去了，整天都在想自己到底应不应该继续考……

别人的质疑和否定，有时是为了让我们不浪费精力和时间的善意提醒，有时是看不得我们比他们好，想让我们放弃朝更好方向发展的恶意劝导。无论是哪种，都是一种攻击，会让我们的内心受到伤害，只是有轻重之别。这种攻击渗透到了生活的方方面面，无法躲避。

当我们面对质疑和否定的时候，我们通常会有两种看法：第一种，对方说的是对的。觉得自己的确是他说的那种人。这种看法会让我们开始慢慢失去自信，放弃自己正在努力的事情，感觉很挫败很受伤；

第二种，觉得委屈，想马上反驳对方。比如，当别人对我们说“你哪能追到那个姑娘，人家那么美!”，我们立马说“我追她，关你什么事儿!”来反击。这种看法会让对方觉得我们没气度，不知好歹，反而让他们成了“受害人”。

显然，作为一个有格局的人，这两种想法都是不合适的，不仅不会让我们得到发展，还会让我们错过成功的机会。那么，我们该如何正确看待质疑和否定呢？

陈栋在职场上待了三年后，觉得自己已经有了足够的经验储备，就辞职回家准备创业。

可在自己发展的初期，周围的亲戚朋友们都不断“劝”起了陈栋：陈栋找合伙人的时候，有的人跟他说“你的项目还不够完善，肯定没法按计划进行，其他人应该也不会和你合作的，你还是别再找了把”；陈栋找投资人的时候，有人说“你这刚刚起步，就想融这么多钱，肯定不会成功的，你还是减小你的目标吧”……

陈栋没有反驳这些态度，但也没有放弃自己的选择，继续做他该做的事情：

每天都让自己努力完成自己的计划，带着热情谈每一个合作、不断完善自己的项目策划书、约见每一位顾客……

当他不断坚持，一点一点把市场做大之后，以前所有反对的声音都渐渐变成了支持，甚至之前觉得陈栋“不是做生意的料”的人都来找陈栋寻求合作。

质疑和否定，除了给我们带来的不好影响外，我们更应该看到其所能够带给我们的成长：

首先，别人对我们进行质疑和否定，往往说明我们有不足或者弱的地方，能够让对方抓住“把柄”来伤害我们。那么，我们就能从中发现我们的不完善之处，让我们可以“对症下药”，弥补自身短板，从而获得全面发展。

其次，面对质疑和否定带来的委屈，如果我们能合理应对，那么以后做事也会越来越自信，不会再轻易地被别人的质疑带偏，影响我们做正确的决定。

而且，别人的质疑和否定往往也说明了他们的短视，他们看不到我们能够看到的未来。如果没有质疑和否定，反而说明我们和大家走着一样的路，那我们就不可能达到别人达不到的高度，取得别人无法完成的成就。

所以，质疑和否定会让我们变成更好的自己，也是成功路上必不可少的东西。

面对别人的质疑和否定，我们可以用下几个方法来对待它：

第一，面对质疑和否定，坦然接受。这里的接受并不是让我们认可对方说的都是对的，而是不和对方辩驳，对方说什么，让他说就行。这能避免起冲突，还能让我们少花很多时间来做无意义的事情。

第二，从对方的话中，找到自己的短板，加以改进。这也是对我们帮助很大的一步，比如，对方说："你的英语水平，就别报四级考试了吧。"我们就可以知道，在别人眼里我们的英语可能是自己的短板，我们就可以努力学习英语，让自己有更大的提升。

第三，感谢质疑和否定我们的人。对于那些好意提醒我们的人，就算我们不认同他们的认知和格局，也要谢谢他们的提醒。这样的话，他们会觉得我们的度量很大，对于我们来说也是为未来自己的发展做下了人脉积累，比如，我们想卖掉自己的房子去做投资，有的人跟我们说："你以前都没做过，肯定做不好的，你别冒这个险。"我们就可以跟他们说："谢谢你的提醒，我会多注意一些的。"

汪国真曾经说过这样一句话："我不去想是否能够成功，既然选择了远方，便只顾风雨兼程。"面对质疑和否定也是这样，不要自我放弃，一件事情只有做了之后，发现真的是自己不济，我们才能心甘情愿放弃。

第三章

能容人，有大气量才能担大任

NIDE
GEJU JUEDING NIDE
CENGCI

1. 水至清则无鱼，人至察则无徒

每一个人因生存环境、人生经历、学识品性等的不同，在为人处世方面，方法也各有不同，没有谁能让另一个人完全满意。所以，不要以自己的标准去要求别人，让别人达到十全十美，那样只会让人生厌。

白冉对自己一向要求苛刻，毕业后顺利进入了自己心仪的公司，在公司负责考勤和工资核算。

有一天早上，一个同事迟到了，谎称在路上见到熟人多说了两句话，本来对于这种借口大家都是睁一只眼闭一只眼。可白冉却非要这个同事说出真实的原因，甚至要让那个所谓的熟人打个电话作证，不然就记过，并且扣除一天的工资。

同事没办法，只能说自己起晚了，白冉这才罢休，但是她依旧扣除了那个同事的绩效和奖金。

有同事要请假时，白冉一定会问对方请假的真实原因，一旦请假理由不足，就不予批假；有同事工作不认真了，她就一定按规定扣除人家的绩效奖金……

后来，同事们对她的怨声越来越重，经理也找白冉谈了话，白冉觉得很委屈：自己认真负责地做事，怎么还是自己错了？

“水至清则无鱼，人至察则无徒”。从生态学的角度看前半句：在一个生物链中，大鱼以小鱼为食，小鱼需要吃更小的水生物，最小的水生物需要吃水藻，而水太清澈了，就说明没有水藻，没有水藻，食物链就断了，鱼自然也就不存在了。

同理，从社会学角度分析后半句可知，如果做人过于苛刻，不能容忍别人的差异之处，对什么事都小肚鸡肠、斤斤计较，必定会让其他人感觉到交往的压力，严重的甚至会让别人心生厌恶。自然也不会有人愿意与之为伍。

一个人在社会中，哪怕你觉悟再高，品性再端正，能力再强，如果脱离组织，不与其他人合作交流，那自身就很难得到更大的发展，也会慢慢地与自己身处的环境脱节，直至最后被淘汰。无论现在身处何位，终究都只能是个失败者，

可能有些人与我们志趣、性格不合，有些人甚至和我们针锋相对，与这些人打交道，难免会产生不一样的看法或者做法。一些小事产生的小差异若是对于我们来说并没有那么紧要，在它们影响不到整体效果时，我们过分追究只会得不偿失。

一味地追求完美，对每个人都保持高要求，会让我们最终被“隔离”，于我们人生发展来说是十分不利的。一个有大格局的人，严于律己，宽于待人，会想方设法地让更多的人亲近自己，只有这样，才有可能获得更大的成就。

到底该如何待人才能得到他人的支持呢？

张洛是一个对自己要求十分高的人，他总是想让自己把事情都做到极致。

刚到公司的时候，每次他和同事们一起合作，他都会指出同事的不完美之处，对每件事都要细致追究。因此，他与同事们的关系也越来越紧张。

经理发现之后，就给张洛提了一些建议。

从那以后，张洛跟同事们再有合作的时候，只要觉得同事也已经尽了力了，就不会再去强求同事做的跟自己想象中的一样完美。并且对那些能力不济的同事，工作中只要自己觉得还能优化的地方，自己就再来全部优化一下……

后来，在部门推荐升职人员时，因为张洛乐于助人、宽容大度，大家都选了他作为升职的候选人。

我们要知道因为别人和自己想法不同，做事方法不同，个性存在差异，或许他们能看到我们看不到的东西，教会我们一直都想不到的做事方法。如果能与他们互助发展，那对于我们的成长来说就是很大的帮助。

而要与这些人和谐相处，我们最重要的就是要接受别人与自己之间的差异，无论是何种差异，我们都要给予一定的宽容。不要过于严苛，让别人在我们身边能有自己的想法和做事方法，只有这样，对方和我们相处才不会有太大压力，才能得到别人的支持。

一个人的格局如何，能不能宽容待人是一条重要的评判指标。容得下各色的人，就能汲取更多的经验、知识和见解，让我们看事情的眼光更全面，处理事情的方法更完善。而且，这样还能为我们创造好人缘，积攒下更多人脉，为我们以后的发展打下更好的基础。

2. 价值观不同，不轻易评价别人的人生

无论是在工作还是生活中，我们对于别人不同的价值观，有时并不能完全接受。这时，有些人就习惯用自己的价值观去评价别人的生活方式。

赵莲有个关系不错的同事，两人干什么都一起，形影不离。

有一天在办公室，赵莲劝那个同事接受别人的介绍，抓紧完成自己的终身大事。那个同事很认真地跟她说："我还不想结婚，我们怎么就不能接受生活的多样性，谁规定一定要结婚？"

赵莲一听，觉得同事这种想法太不合适了。于是，开始吐槽同事的各种"不切实际"：整天沉浸在自己的世界里，自娱自乐高谈梦想；年近三十不想结婚，还想出国深造；整天学一些跟工作不相干的事，想去一线城市打拼等等。说到情绪激动处，还有嘲笑同事幼稚的意思。

同事听了赵莲的话，怒不可遏地跟赵莲吵了起来，其他同事们也觉得赵莲管得有些宽了，都纷纷去安慰那个同事……

从那以后，赵莲在办公室的人际关系越来越差了。

价值观是我们对于是非对错的认定，是我们选择如何做人，如何做事的内在依据。一个人的价值观养成往往是一个漫长的过程，而且价值观还会在成长中不断更新，不断重塑。不同的人，价值观多多少少都会有些不同：

有的人想要好好工作，娶妻生子，平凡一生就好，有的人则想要追逐梦想，勇闯天下；

有的人结婚想要有车有房有存款，有的人哪怕家徒四壁也只要真心一片；

有的人一定要在一线城市工作享受压力，有的人却一心想要接近田野陶冶情操；

……

我们仔细想想，其实无论什么样的价值观，并没有对错，那为什么我们还总是想去评价别人的价值观呢？

首先，因为在和不同的价值观发生碰撞的时候，我们最容易犯的错误，就是觉得和我们不一样的价值观都是不对的，只有自己的价值观是正确的。然后，我们立足自己的价值观来考虑问题，更加坚信自己，自然而然就会强烈地感觉到应该向别人说出自己的看法。

其次，不同的人认知都有局限。很多时候，我们和别人的价值观不同是因为我们从不同的角度去考虑了这个问题。很可能双方的认知都是片面的，所以，我们认为对方不对的时候，对方也不见得会同意我们。大家都没办法站在所有人的角度思考问题，很多时候，我们认为正确的观点也只是依靠自己的经历总结的而已。

而总的来说，就是我们对不同的价值观缺乏包容心，气量太小。我们觉得认同别人的不同就可能意味着我们的错误，于是就仗着自己处在大众立场，肆意评判他人，试图强迫他人按照自己的观点和想法去生活。

可如果我们贸然去评价对方的价值观，不仅会让他们觉得我们多管闲事，而且，由于观点不同，这往往也就成了对对方的一种否定，没有人喜欢被否定，这就会让对方对我们产生厌恶。干预和否定别人的行为，还会让其他人觉得我们气量小，从而不敢向我们靠近。

所以，无论对于日常社交还是我们日后的发展，这样都是对我们十分不利的。

其实，只要我们打开格局，就不难发现，当别人的价值观与我们不同时，我们如果尊重对方的价值观，往往会给我们带来意想不到的收获。

一个人的观念有时候是片面的，当我们跟不同的价值观发生冲突的时候，这其实是帮助我们检验和重塑价值观的机会。我们可以通过别人的认知来认识更多未曾考虑的更广的面，让我们的价值观越来越完善，一个人的价值观的完善程度往往决定了一个人的心智发展程度。

那么，我们要怎么做才能尊重他人不同价值观呢？

第一，对于对方的生活方式不予“指导”。每个人的生活方式往往体现了他们的价值观，比如，有的起早贪黑拼命赚钱，有的浑浑噩噩整日无所事事。人的价值观形成是一个漫长的过程，我们不要试图几句话就能将对方的价值观改变，比如，“你这样努力工作不也就那点工资，还不如按时按点上班，省事！”强行灌输我们的价值观，只会显得我们不尊重对方的选择。

第二，如果价值观冲突巨大，选择保持距离。人们往往会对于不同于自己观点的人产生排斥，那么，如果碰到价值观有巨大冲突的人，就算谁都没错，也难免会出现互相看不顺眼的时候。比如，你视金钱如粪土，对方却惜钱如命。那这时，最好保持距离，甚至在经济上远离彼此。

第三，如果亲人跟自己价值观冲突巨大，好好协商。如果是亲人的话，逃避是没用的。我们只有选择好好谈谈，把彼此的想法说清楚。虽然家人的观点可能不同，但目的都是一致的，找到解决问题和平共处的方式即可。比如，父母让你找个对象赶紧结婚，你想要再奋斗几年。父母是为了我们以后的生活，我们也是。这时，不妨和父母说明白，如果自己几年之内闯不出名堂就回来结婚，让父母的想法也能有个着落。

我们可能做不到全部认可每个人的价值观，但我们应当以包容之心去理解不同的人的想法，不对他们的价值观随意评价，这才是一个能担大任的人的表现。

3. 不担心被超越，给有才华者搭设舞台

有些领导，为了让自己一直处于一种“自己最厉害”的假象中，害怕有员工表现出色超越自己，不但不愿意让下面的员工有表现的机会，反而还觉得这是一种自我保护。

前不久，周星被提拔为销售部主管，自从他上任后，他们部门的销售业绩直线下降。

原来，自从周星上任后，部门很多以前的销售好手都遭到了他的打压：工作任务每次分配得少；客户回访时，他都安排别人去接待；要是需要去远一点的地方拜访客户，他也什么消费都不给报销……

几个月过后，以前的那些好手基本都没了斗志……

针对部门的业绩下滑，经理研究过后，只有将周星调到了另一个不太重要的部门当主管，重新从下面提拔了一个人当主管。

会不会让比自己强的人出头，往往就体现了一个管理者的格局大小。格局小的管理者会觉得："如果下属什么都比我强了，那在其他的下属面前，我不就像个蠢货了吗？那到底该我领导他还是让他来领导我啊？"还总觉得自己只要不让下属出头，就证明自己就是最强的。

这种做法，从眼前利益来看，确实让管理者得到了一定的利益，比如，领导会觉得部门里没人比这个管理者更厉害了；有才华的人也无法爬到自己头顶了。但是，这样长久下去，一个部门里面的精英都会觉得没有出头之日，开始斗志全无，甚至选择辞职。那么这个管理者所在的部门也必然会业绩下滑，工作质量下降。

那些通过打压别人来抬高自己的人，气量狭窄，没有容人之心，久而久之，被打压的人会越来越不服气，而领导也会对打压别人的人感到失望，觉得这些人难堪重任。

从长远来看，对下属的打压只会让管理者陷入困境，比较得到的那一点点利益，得不偿失。一个有格局的管理者，绝对不会做这样的事情俄罗斯套娃是一种手工艺玩具，每套套娃从小到大依次有五个洋娃娃，最小的那个可以装到次小的那个套娃里面，依次类推，最后前四个可以装进最大的那个里面。

有一次，美国一家著名的广告公司的创始人戴维·奥格尔维，想向一些新进入公司的领导们说明对待下属的态度，就送给新任命的各部门主管每人一套俄国套娃，

在最小的那个洋娃娃里，奥格尔维装入了他想要告诉这些新的领导们的话："如果我们每个人都聘用比我们小的人，那么我们的公司就会变成一个矮个子公司。如果我们每个人都聘用比我们大的人，那么奥美广告公司就会变成一家巨人公司。"

真正有格局的管理者，是愿意接纳和管理才能突出的下属的，愿意给这些人搭建一个展示自己的舞台。这样的管理者关心的并不是别人对自己是否顺从，他仅仅凭着容人的气量就会赢得别人真正的尊敬，让自己的员工都发自内心地认同他。

而且，这些管理者也明白使用那些比自己有能力的人，不仅不会威胁到自己的位置，相反，他们还能稳固自己的位置，并帮助自己成就伟业。因为，在那些能力强的人展示自己的时候，他们的才华得到了认可，领导自然也会发现这些管理者擅于识人辨人的"大将"之风，反而会加以重用。另外，作为搭建"舞台"的人，可能也会被那些有才华的人感激，这对日后发展帮助也非常大。

那么，我们又该如何去为有才华的人搭建舞台呢？

首先，多关注，多反馈。对于有才华的人，特别是那些有

才还不自知的人，我们先得给予他足够的重视，比如，多看看他的任务进度、工作状态等等，让他知道我们很看好他，让他有动力去做得更好。对于他的任务，我们要时常给一些反馈，让他有方法能做到更好，比如，向他反馈任务中哪里做得很好，哪里做得不好等等。

其次，多给他们创造表现的机会。有些才能可能在工作中并不能充分体现，比如，沟通能力、管理能力等等。我们可以组织一些活动，让他们能够在更大的场合表现自己的才能，从而能有所发展。比如，建议领导组织一个无领导小组讨论大赛等等。

再次，对他们表示祝贺。在下属因其能力而获得令人瞩目的成绩，进而得到同事的认可和交口称赞时，我们也要不吝惜自己的掌声和表扬。这样能让别人和那些有能力的人，看到我们是有气量的人，并不是心胸狭窄的人，加深对我们的信任。

在美国钢铁大王卡耐基的墓志铭上，刻着这样一句话："这里长眠着一位先知，他勇于用比自己强的人才！"

4. 用人就用可用之处，不求全责备

领导者总是希望自己的团队成员个个都是优秀的人才，只有长处没有短处，但金无足赤，人无完人，所以，领导在选人用人的时候，不能求全责备。

吴安是一家公司的经理，有一次，在调查下设分厂时，发现这个分厂的大多小组每天组装产品 15 ~ 20 个，只有其中一个小组的平均组装水平是 20 ~ 35 个。

通过了解后，吴安知道该小组的组装水平之所以这么快，都是组长的功劳。而那名组长，曾被劳教过。吴安思考了许久，顶住了来自各方面的压力，任用这个曾有劣迹的人担任分厂的厂长。

这件事让公司里很多人都不服气，甚至有人说："如果劳改犯也能当厂长，那所有的人都可以当厂长了。"吴安听言反驳道："如果你也能把一个组的组装水平从 15 个提高到 35 个，再来跟我说这句话。"

这各员工任厂长后，果然没有辜负吴安的期望，很快就让整个分厂的平均组装水平达到了每人每天 30 个。

选用人才时若是求全责备，会使我们在看人时的视野受到限制，无法观察到一个人才的主要方面。容不得缺点，甚至可能把别人的个性看成不足，这样就可能导致有些人开始要心机，为了获得一些机会而有意放大优点、刻意遮掩缺点，有些人才则放弃自己的原有特点，泯然于众人。

人的优点与缺点同在、长处与短处共存，这是无可避免的。而我们选人用人时，往往需要的也只是他们的长处。从长远来看，如果一个人现在有什么不好的地方，当我们将难得的机会摆在这个人面前，他也会想着改掉自己的缺点，努力去工作，而且还可能记得我们的好，这对未来我们的发展都是大有裨益的。

用人之长，就是让一个人充分发挥优点，不去过分关注他的缺点。一个高明的领导者在带领团队时，都会先看到下属的长处，这并不是因为他不知道人有短处，而是知道自己最重要的目的是让下属发挥出各自的长处。只有从大的格局出发，不计小节，方能知人善任，做好协调管理工作。

当然，不求全责备并不是说让我们降低标准使用人才，也不是无视人才的短处和缺点。而是对于那些不涉及原则的，不紧急重要的问题，大可不必锱铢必较，不妨给对方一个发展机会，再在必要的时候采取适当的方式指出对方的缺点和不足，帮助其认识自己，改正错误。这才能让我们合理利用人才，积极培养人才。

杜拉克曾经说过："发挥人的长处，才是组织的唯一目的。才干越高的人，其缺点往往也越明显。我们可以设计一个组织，使人的弱点不致影响其工作和成就。"

一个有大格局的领导者，不但能用人所长，还能利用员工的短处：

在美国西玛顿期货投资公司的一次招聘中，负责招聘的助理向总裁迈克诉苦："这5个人的综合素质都差不多，他们的具体分工，我费尽心思还是难以确定。"

迈克想了想说："我来安排最后面试吧。"面试时，他给每人发了一张试卷，题目是这样的：请把"不用对对手怀有过多的慈悲"12个字填在后面的11个方格里。

然后他一边看交上来的试卷，一边现场对这5个人进行了委任安排。他让只在格子中填写了前11个字的人去财务部……

大家都很疑惑为什么这么选，迈克解释说：“填了前11个字的人比较刻板保守，是财务人员的最佳选择……”

现代管理中有句名言：“只有无能的管理，没有无用的人才。”要知道，天生我材必有用，一个人的缺点之所以成为缺点，可能就是因为没有人正确地认识它，没有透过缺点看到后面潜在的优点。

有大格局的领导者，能全方面地看待问题，不会把他人的缺点直接当成缺点来看，而是想方设法让缺点能为自己所用，对每个下属的缺点和毛病进行分析，看看放在哪里才能转化为优势。如此，做到量体裁衣，对症下药。既能最大限度地发挥每一个人才的能力，还能让他们做出更多的贡献。

不求全责备，用人所长，给员工一个发展机会。用人所短，让员工得到更好的进步，看着像是为员工的自身发展谋了福利，其实，打开眼界来看，我们这何尝不是对自己的一种投资？员工强大，自然会让我们所在的企业更强，这就是双赢。

5. 有一种风度叫听得进别人的反对意见

生活中，我们经常会遇到别人与我们意见不同甚至相反的情况，这时，我们通常都会觉得自己的想法更好，从一开始就排斥别人的意见。

张历是一个非常特立独行的人，做什么事都想按照自己的意愿来做。

在他炒股时，资深股民朋友建议他“别把鸡蛋放在一个篮里”，他不听，最后遇到股票狂跌，自己血本无归。

在他找工作时，朋友建议他别眼高手低，他觉得朋友的想法不过是混日子，他也不听，最后，几个月过去了，还是没找到工作。

买房的时候，朋友建议他别买层数太高的，他觉得高了风景好，结果每天上下楼等电梯就得浪费他不少时间。

……

最后，他买车的时候，想再找朋友咨询，朋友们都敷衍过去，让他自己决定就好。

当我们面对反对意见时，出于内心自我肯定的保护机制，往往不想承认自己是错的，甚至会反对和我们意见不同的人。特别是当我们在某件事上付出了巨大精力时，沉没成本太高，面对这件事，自然就会更加坚持自己的观点。

然而，只会肯定自己，盲目地否定别人的所有意见，有时并不能让我们得到别人的肯定。反而那些给我们提过反对意见的人，会觉得我们气度狭小，没有容人之心，与我们渐渐远离，而且，还会觉得我们是自以为是的人，就算我们是对的，他们也不会再轻易认同。

所以，在面对别人的反对意见时，直接反对的做法是欠妥的，甚至会严重影响我们日后的发展。

李莫在一家公司的运营部门工作，有一次，公司需要一个用户运营活动方案，部门经理将这个任务交给了李莫。

李莫搜集各方面的材料和资源，辛辛苦苦地写出了一个自己认为相当完美的文案。为了确保安全。他先把文案拿给了同事看，同事看后对李莫说："你这个文案恐怕不太适合咱们的客户，我觉得你需要改。"

"是哪里不适合呢？你可以给我指导一下吗？"李莫谦虚地问道。

"你看，咱们的客户年龄分布，中学生比较多，你的这些活动内容，奖品种类就可能没法激起他们参加的想法了……"同事又详细地告诉了他的不对之处，并给他拟了一些新的活动和奖品种类。

李莫结合了同事的想法，重新把文案做了更改。

最后，李莫将分案提交上去后，经理看完对他表示了很大的赞许。

其实，遇到别人的反对意见是一件很正常的事情。我们要知道，要想让每个人都对自己满意，这基本上是不可能的。每个人的阅历、做事方法不同，看待问题的方式也不同。因此，不管我们什么时候提出什么意见，都有很大的可能听到不同的意见。

别人对我们提出反对意见，大多时候其实并不是为了否定我们。他们只是站在与我们不同的角度，看出了我们的不足，想让我们能够得到改善。如果打开自己的格局来看，我们不难发现，这其实是为我们更好的未来做铺垫：

能够以积极的态度去看待不同意见的人，在别人的眼中，也是一个有度量、有远见、能成大事的人，这样的人很容易获得别人的尊重。而当我们听取对方的意见时，如果对方的意见对我们的发展确实也有帮助，那我们还能够获得一个更好的发展机会。

当然，要想在听得进去别人反对意见的同时，获得发展，我们还得注意以下几点：

第一，让对方把反对意见说得更清楚。如果对方提出了反对意见，我们并不能第一时间分辨他的意见是否正确，那么不妨让他把意见说得更详细些，以便我们决定是不是要按他说的那样做。比如，对方说“我觉得你这样不对”，我们可以接着问：“你觉得我哪里不对？你是否还有更好的解决方案，是什么？可以说给我听一下吗？”

第二，对方是错的，也要表示感谢。无论对方的建议对我们有没有效，即使对方是反对我们，而且意见也行不通，我们在他说完自己意见后，也要表示感谢，让对方知道我们是能虚心接受别人意见的人。

第三，寻求反对意见。有时，我们说完了自己的想法时，没有人反对我们。这时，我们反而要主动询问别人有没有反对意见，很可能我们能从中再发现一些缺憾。就算我们很完美了，我们这样做也能让别人觉得我们有风度，能够聆听他人意见。

面对别人的不同意见时，能够听进去，将其作为自己成长的阶梯，这是一种修炼，能够提高境界，能让我们更显气度，能有效体现出一个人的眼界和格局。

6. 欣赏而不是挑剔他人

“你看你，怎么连自己都不会打扮？穿得像个土包子！”

“你英语怎么这么差劲！”

“你跟人沟通的能力也太差了吧，话都说不清楚！”

……

有一些人发现别人身上的缺点后，会口无遮拦地说出来，所以，我们总是会听到像上面这样的言语。这种对别人的挑剔，往往是一种短视行为。

高蝉毕业后，顺利到一家公司上班了，可是她并不开心。

到部门才两周，她就觉得自己再也不能跟这些同事共事了。

“小李整天恍恍惚惚，工作态度一点不认真。”

“小张只知道跟别人谈化妆品，一看就是小女人。”

“主管只知道给我们分配任务，从来不反馈，一点责任感没有。”

……

高蝉几乎向领导挑出了部门里所有其他人的毛病，领导听后就把高蝉调离了那个部门。

但是，高蝉怎么也想不明白的是，这个部门在她来之前到她离职前都一直是公司业绩最好的部门，每年公司都会给他们很多分红奖励……

在与人交往相处过程中，有些人习惯于用挑剔的眼光去看待别人。总去找别人的短板，再拿来跟自己的长处比，将他人身上的缺点、短板和弱项无限放大，觉得自己什么事情都比他人好，看不起他人。

其实，很多时候，并不是对方身上只有缺点。而是我们没有用全方位的眼光去看待问题，导致对方身上的优点、强项被我们所忽视。

比如，有些同事只知其一不知其二，总是无法灵活解决工作中的问题。他们可能天生缺乏创意，喜欢模仿他人，没有自己的主见和风格。这种人往往对新事物、新观点接受得较慢，并且缺乏远见。但他们也有优点，比如做事认真负责，一般不会发生原则性的错误。工作交给他们后，总是能完全按照上级的指示和意图处理，令上级十分满意。

只看缺点，自己对别人就会越来越反感，也会越来越排斥那些自己认为有毛病的人，直到最后选择远离对方。从眼前利益来说，这样做是能让我们远离我们讨厌的人。但是，从大的格局来看，每个人都做不到十全十美，我们的挑剔只会让我们和越来越多的人对立，甚至影响到我们未来的发展。

所以，一个有格局的人，是绝不会死盯着别人的缺点的，而是会用开放式的眼光去发现对方身上的优点。

赵菲的公司来了一个新人，经理吩咐大家好好指导一下。

一周下来，几乎再也没人愿意指导那个新人了。因为她脾气很倔，对一个问题的看法老是稀奇古怪，不愿意轻易接受同事们的看法，而且不怎么会与人沟通，说话很直，老是伤到别人……

但是，赵莲却没有放弃这个新人，她觉得这个新人知识储备丰富，而且乐于思考，勤于学习，还是有可塑之处的。同事们都说赵莲这是对“牛”弹琴，浪费时间。

三个月后，这个新人进展神速，很快在几次任务中表现出色，被老板发现，开始了重点培养。一年下来，这个新人已经成了原来赵莲部门的顶头上司，赵莲也升职成了经理。

美国著名心理学大师威廉·詹姆斯有句话说，人性中最深刻的禀赋，是对被赏识的渴望。这就告诉我们，人们都希望得到别人的赞赏，希望别人发现自己的优势，而不是对自己挑剔。如果我们能利用好这一点，就能获得别人的好感。

当我们寻找他人的优势的时候，就能看到其他人是怎么取得那些优势的，这样一来就有更多的机会去向别人学到更好的东西，从而加强我们自身的综合能力。如果是在工作中，领导看到我们充分利用和培养员工的优势，也会觉得我们会识人辨人，还有包容心，进而认为我们是能担大任之才。

另一方面，懂得欣赏对方的人，只会把对方的长处和自己的短处比，看看自己是哪里不足，从而加以改进，心里想到的只是自己同他人的差距，并以此来激励自己，让自己变得更优秀。

每个人都有各自的优点和缺点，如果我们只发现对方的缺点，而找不到对方的优点，多是因为我们缺少了包容心。一旦一个人在心底形成了对对方的排斥，他的眼光也已经被限制了。

7. 告别“独行侠”，开放心态迎合作

生活中，有那么一些人总热衷于做“独行侠”，他们觉得自己单干会比和别人合作得到更多的利益，发展得更快。但是，事实真的是这样吗？

李姚是一家计算机公司的软件人员，他自身能力很强，来公司不久就被领导表扬了好几次。

有一次，经理给一个同事布置了一个比较难的任务，那个同事靠自己的能力无法完成。于是，那个同事便来找李姚帮忙。李姚觉得那个任务不属于自己，帮同事的话，同事会获得好处，自己又没有，就拒绝了帮忙。

这不是他第一次不愿意和其他同事合作处理问题，他经常我行我素，自己一个人单干，和同事们的关系都不好。

后来，在很多次升职推荐中，他都因为得不到同事的推荐而错过了机会，一直留在原职位上。

那些“独行侠”们，或者觉得别人会分得他们的利益，或者狂傲自大，认为自己是无敌的，或者感觉别人会拖他们的后腿，他们往往都觉得合作就是一种让别人受益自己受损的方式，而这是他们所不能忍受的。所以，他们宁愿选择独行。

这样的看法不但自私自负，而且缺乏远见。一个人可以走得快，但是往往走不远，可能从近期利益来看，一个人是能

走得更快。但是，从长远来看，要想取得更大的成功，单靠一个人是无法办到的。

雷锋说过："一滴水只有放进大海里才永远不会干涸，一个人只有当他把自己和集体事业融合在一起的时候才能最有力量。"只有学会团队合作，我们才能汇聚更多的能量，取得更高的成就。

张佳前不久到了一家汽车销售公司上班，刚到的时候，他发现这里的生意不是很好，每天来的客人不多，每个月的成交量也不大。

两周之后，他觉得不能再这样下去了，于是，便找了几个同事商量，大家合作来提升业绩。他让几个人去门前负责招揽客人，客人进来后，如果一款车不满意，就交给下一个销售人员负责给他介绍另一辆车，最后所得的业绩大家平分。

结果，两个月下来，他们合作的这几个人成了公司业绩最好的几个，每个人的工资都比以前高了不少。上司也看到了张佳的才能，将他升为了主管。

与人合作其实并不是分享劳动果实，而是让我们能获得更大的劳动果实。因为每个人所擅长的领域不一样，解决问题的思路不同，我们合作，就能够更全面地去看待问题，能想出更好的方法来解决问题。

战国时期，廉颇和蔺相如合作，一人用文治国，一人用武治兵，使赵国不受他国之欺辱；

德国的化学家本生和物理学家基尔霍夫合作，本生提供了化学设想，基尔霍夫设计了物理仪器，他们一起发明了光谱分析仪；

丹麦天文学家第谷用30年时间精密观察行星的位置，积累了大量精确可靠的资料。因不善于理论思维和科学整理，始终未能有重大发现。临终前第谷将资料交给助手开普勒，并告诫他按这些资料编制星表，第谷的精确观察和开普勒的深刻研究相结合，最终引出行星运动三大定律的发现，揭开天体运动的秘密。

一个能够和他人合作的人，不仅能得到更大的成就，而且，在合作时，还能从对方的身上学习更多的知识，让自身的能力得到更好的完善，这对以后自己的发展也是一种帮助。

那么，我们又该如何养成和他人合作的习惯呢？

第一，多玩集体合作性游戏。有不少游戏是以小组为单位，小组的胜负决定每个人的胜负。这时，同一组的人想要赢就需要齐心协力，合作。这样我们就能在不知不觉中感受到合作的乐趣，养成合作的习惯。

第二，多参加集体活动。无论是公益性的还是朋友之间的活动，比如：野炊、放风筝等等。从中明白合作的重要性，知道集体的利益应该在个人的利益之前，比如，你不牺牲个人利益去洗菜烤肉，大家可能就都没饭吃。

第三，多跟同事合作、交流。在工作中，多与同事讨论在工作上遇到的问题、彼此帮助，既能提升工作效率，又可以增进彼此间的友谊。

学会与他人合作，其实也是对他人的一种包容，有足够的容人之心，我们的能量才会不断增加，才能获得更高的成就。

第四章

拿得起放得下，
宠辱不惊成大器

NIDE
GEJU JUEDING NIDE
GENGGI

1. 处变不惊，冷静面对危机

危机是我们每个人都要面对的事情，而当我们在遭遇危机时，如何面对危机，也往往体现出一个人的格局大小。

吴路在一家餐厅上班，老板一直很看好他，准备提升他做经理。

有一次，餐厅的一桌客人在食物里发现了一根头发，作为领班的吴路首先被叫了过来。

客人非常凶，一直对吴路恶语相向，并表示要去卫生局举报他们。吴路脸涨得通红，不知道怎么办，只能一直恳求客人不要生气，不要去举报他们……

可那桌客人丝毫没有停下来的样子，许多人都围观起来。最后，老板过来才很快将事情平息了下来。

从那以后，餐厅的生意越来越差，老板对吴路也开始越来越不待见了……

有些人可能平常为人处世、处理问题时头脑灵活，想法多变。一旦遭遇危机的时候，就会判若两人，甚至连平常能轻松应对的问题都乱了手脚，所掌握的知识和技能也都被抛之脑后，脑中只剩下惊慌和恐惧。

像这种遇事就慌，并且很长时间都不能冷静下来的人，显然缺乏格局。他们注意力被危机带来的压力完全限制，自己的情绪也被危机所支配，无法看到危机的本质和与它们相匹配的解决危机的思路，

在别人看来，我们面对危机时的表现，往往就是我们临场应变能力的体现。一个成功的人，他的临场应变能力一定是非常强的，比如，Facebook 创始人扎克伯格面对“信息泄露”危机时，面对听证会及媒体的质问，对答如流。如果我们在危机前显得惊慌失措，很可能让别人觉得我们难成大气候，从而拒绝再与我们合作。

以大格局的视野来看，其实，危机并不可怕。如果我们处理得当，反而会让它变成我们成功的垫脚石。

有一次，可口可乐公司的总部接到一个投诉电话，对方在电话里怒气冲冲地说：“你们的可口可乐简直是杀人的武器，如果你们不能给我一个信服的解释，我会向联邦法院起诉你们，并将这件事向媒体公布！”

原来，这位客户在可口可乐里发现了一枚别针。虽然公司领导清楚，这件事情一旦闹大，对公司的影响是非常大的，但他们并未慌乱，而是立刻成立了一个危机公关处理临时调查小组，连夜赶往事发地点。

虽然最后没有查出什么来，但调查组立即真诚地向该客户道歉，表示公司一定会加强管理，保证类似的事情绝不会在发生，并向客户赔偿了一万美元的精神损失费，邀请对方到公司总部免费参观。

客户没有想到，自己的这个投诉电话，竟然会引起可口可乐公司这般重视，对公司处理问题的态度和结果都非常满意。

这件事也让可口可乐的声誉更好了。

在《权书·心术》一文中苏洵言："为将之道，当先治心，泰山崩于前而色不变，麋鹿行于左而目不瞬。然后可以制利害，可以制敌。"以此来形容人沉着镇静、遇事不慌，方能为将，并能克敌制胜。

遇到危机时，只有放大我们的格局，全方位地看待危机问题，才能让我们跳出情绪的陷阱，快速冷静下来，沉着应对问题，迅速想出应急处理办法。只有这样，才能减少危机所给我们造成的冲击，才更有可能将危机转化成成功的契机。

可能有的人会说"这个问题我没有遇到过""我还不太了解这方面的流程""我还没什么经验"这类的话。冷静下来分析这些问题，即使是第一次面对，也未尝不能解决，只是危机相对来说需要我们承受更多的心理压力。我们需要的往往只是面对问题的勇气。比如对相关流程不了解，那就可以向有经验的人请教，多收集各方面的建议，认真分析，总能找到解决问题的答案。

美国历史上有一位名叫格兰特的杰出将领。在攻击亨利要塞和多纳尔森要塞时，大家都束手无策，大多将领都觉得贸然攻击这两个地方只会自取灭亡，格兰特却主动请缨，要求攻打这两个要塞。当时很多人都觉得他疯了，要知道，万一他失败的话，不仅会被免职，还可能被送上军事法庭。即便如此，他仍然这样做了。最后，他取得了胜利，也再次被升职。

我们遇到危机，有时并不是我们没有能力去处理，而是我们不敢挑战、不敢作为。

一个有格局意识的人，一定是那些敢于迎接困难的，敢闯、敢拼的人，就算失败了，他们的气魄也会让别人钦佩。只有不断地迎接挑战，才能获得更快、更好的发展，从而让自己取得更大的成就。

2. 上台当然自在，下台也要从容

在职场中，我们都想自己能身居高职，如果美梦成真了，自然会觉得无比自在。而万一自己被降职了，我们又该作何感想？如何应对呢？

王显是一家公司的公关部经理，在公司工作已经有六年了。

前不久，公司的产品出现了质量问题，公关部没有及时给出应对方案，导致最后公司的名声遭到了极大的损害。

公司就这个事情开了一次大会，在会上，大家一致认为生产部门和公关部该承担主要责任。综合决议下来，领导决定将生产部经理降两级，公关部经理降一级。

王显觉得辛辛苦苦为公司工作了这么久，现在让自己从好不容易升上来的职位上退下去，心里十分不平衡，很不服气。

于是，他就去找领导理论这事，说不是自己的责任。领导本来就因为这件事十分烦躁，听他这么一说，大吼一句："不想干你就收拾东西回家。"

王显灰头灰脸地回到了自己的工位，他隐隐感觉自己的前途更加渺茫了……

降职，对于任何人来说都是一种打击，一方面，我们会觉得这是领导对自己的否定和不重视，觉得自身能力受到了质疑，或者别人比我们价值更高。另一方面，可能会招来其他人的嘲笑和异样的眼光。当我们被降职时，自然少不了一些闲言碎语，比如，“他肯定得罪领导了，以后离他远点”这样的话，这对我们造成的精神压力也必定不小。

因此，被降职时，很多人情绪激动也在情理之中。而一旦情绪激动，很可能做出冲动的事情，比如，找老板理论，和顶替我们位置的人争吵，背后怨恨老板或者新接班人等等。

这些做法虽然情有可原，但却是非常没有格局的做法。因为这样做，除了能让我们暂时撒撒气，并不能改变事情的结果。而且，纠缠不休、大吵大闹的行为很容易让人风度尽失，给别人留下玻璃心、爱计较的印象，也会让领导觉得我们扛不住压力，难成大器，这对我们未来的发展都是非常有影响的。

所以，面对挫折时，我们一定要学会正确处理，切莫情绪激动。

张天通过努力，在自己的部门当上了主管。

但是，好景不长。刚当上主管不久，公司就面临裁员，而张天被降了一级，去顶替被裁的副主管，部门跟着空降了一位新主管。

大家都以为张天会和新的主管不和，可张天不仅没有这么做，反而主动帮助新主管掌握部门状况，积极配合新主管的工作，自己也更加努力地工作。

一段时间过后，公司有了一个经理职位空缺，新主管和部门的其他人都力荐张天。最终，老板也看中了张天的工作能力和态度，把这个职位留给了张天。

用全面的眼光来看问题，我们就会发现，“下台”的时候，其实更是我们向别人展示我们格局的时候。因为这时候，大家的关注点大多会在我们身上，都想看一个从高处跌落下来的人的热闹，这也是人们的一种自然反应。这时，如果我们能表现得从容淡定，往往会让别人见识到我们做人的格局，进而赢得别人的尊重和钦佩。

上台时春风得意是人之常情，而很少有人能做到下台时从容不迫，正确对待一时的落魄与失意，不但能磨炼一个人的心性，而且能展现一个人的修养，给他人留下好印象。

那么，我们应该怎么做才能表现出我们的从容呢？

首先，接受降职安排。这是很重要的一点，很多人都不想接受，将事情闹大，引发那么多不利的情况。无论上司的安排合不合理，既然已经下了通知，就不可能再改，我们就应该好好接受，这样反倒让上级欣慰于我们识大体、顾大局，对我们日后升职会有很大帮助。

其次，感谢接班的人。既然我们降职，自然会有新人接替我们，我们要对其表示感谢，感谢他能继续处理那些我们没有处理完的工作。这是和对方建立良好关系的重要一步，也能让对方看到我们宽阔的胸怀。

再次，认真工作。不能因为降职就对工作懈怠，这会让别人觉得我们心眼小。我们应该更加认真地工作，让别人看到我们无论在什么位置上，都能保持客观、认真、勤奋的态度，加深对我们的良好印象。

被降职只是一时的挫折，我们以后的职业生涯还很长，只有在同事和上级眼里留下能担大任的印象，我们才有可能在未来取得更大的成功。

3. 对拥有的要知足，得不到的要释怀

人们痛苦的根源往往来自两方面——“不满足”和“得不到”。无论是哪种心态，都可能让自己陷入惆怅之中。

王成工作能力很强，工作态度也十分认真，没过两年就升上了经理的位置，公司的人都在谈论他“升职快”“年纪轻轻就有如此成就”。

没过多久，公司又有了一个副总监的职位空缺，王成又去竞争这个位置。最终这个职位并没有属于他，而是给了另一个和他能力差不多但资历更老的人。

他对这件事一直耿耿于怀，觉得公司用人制度不公平，自己放在这个职位上就是大材小用，于是便开始不认真对待工作，表现越来越差……

后来，老板找他谈话，让他调整下工作态度，而他却要求老板把他升到总监，不然自己就辞职。

老板听了他的话后没多说什么，第二天就让人事和他谈离

职的相关事宜了……

有些人总是认为自己能拥有更好的，自己应该得到那些自己得不到的东西。他们总是在羡慕别人中活着，总是不满足自己已经得到的东西，对于那些自己想要又得不到的东西一直不能释怀。

这种想法是非常有局限性的，会让我们执着于眼前的得失不能自拔，浪费时间、精力，能为了达到某些自己原本无法达到的目标，做一些对他人和自己都不好的事情。过度索求，甚至觊觎不是自己的东西，这种行为在别人看来就是贪心、不知进退，对自己的人生没有大的把控，不是能成大器之人。

一个人能不能学会知足，放下那些自己得不到的东西也是他胸怀大小的重要体现。

李治工作了几年之后，便开始自己创业。

因为对行业有了不错的了解，自己也积攒了一些人脉，创业初期公司发展很迅猛。在公司发展如日中天的时候，董事会商量开始扩大规模，扩大公司的业务范围。

可是，接连几次试点都失败了。这时，李治决定停止扩大规模，他想让公司继续保持这样的状态发展。有些投资者觉得李治害怕挫折，容易满足，难成大器，就选择了撤股。

于是，李治又开始新的融资，这次融资比李治想象中的要简单得多，很多投资人知道李治在公司的决定后，觉得他是一个知进退，有大格局的人，都选择了给他投资。

一段时间以后，公司的架构更成熟了，李治才开始扩大公司规模，但放弃了扩大公司的业务范围。很快，他的公司在业界就取得了不错的成绩。

曾经有人问李嘉诚："您认为一生之中，最快乐的赚钱方式是什么？"李嘉诚笑着回答说："开一爿片临街小店，忙碌终日，日落打烊时，紧闭店门，在昏暗灯下与老伴一张一张数钞票。"一个有格局的人，他之所以成功，往往是因为他们容易满足，并不是盯着眼前的得失，而是让自己处于一种豁达的状态中。

这种容易满足并不是说让自己安于现状，而是让自己知足，知道自己拥有的这些已经来之不易，不会让自己过分贪求一些以自己的能力不能达到的东西，去怀一些不切实际的妄想，从而让自己止步不前，甚至倒退。

另外，对于一个有大格局的人来说，那些得不到的东西，并不是现在就必须得到，他们会把它放在未来的计划里，而不是一直对其久久不能释怀。一个人无法得到一个东西或做成一件事情时，要么是因为现阶段能力不济，要么是因为前进方向发生了错误，要是一直停留在原地做无谓的努力，不过是浪费时间。

只有看得开得失，才能打开我们的格局，不被眼前的东西限制，从而才有可能规划出更好的未来。

那么，我们又该如何做才是"知足"和"释怀"呢？

首先，重视自己现在所拥有的一切。不要总是认为自己拥有的东西不值得珍惜，所有的东西都是有价值的，只要我们利用得当。我们更应该考虑的是如何利用拥有的资源，为自己创造更好的资源。

其次，对“久攻不下”的目标选择搁置。一个目标，也许我们经过很多努力，都没法达到。这时，我们不如先选择搁置它，等自己更优秀了再来争取，或者等一段时间后，看看自己是不是真的很想达到这个目标，再考虑是否要继续争取。

再次，不要用一些不友好的方式去达到目标。可能会有一些损害他人利益、组织利益等等的方法，能够让我们得到我们得不到的东西，我们千万不要去尝试。或许我们现在使用这种方法可以拿到想要的东西，可是这对我们以后的发展来说，就是我们人生中的一个污点，会严重影响我们的未来。

一个人的心态往往决定着他的格局大小，因此，一个人是否能成功，有时就取决于他对待那些自己得到的和得不到的东西的态度。只有心胸宽广的人，才能够更好地发展自己，获得更大的成功。

4. 今天的低头为的是明天的抬头

有时候，一个人为了坚持自己的观点，会变得非常固执，就算知道对方是对的，依然不愿低头，甚至觉得只要坚持不低头就是自己赢了。

陈月是一家软件检测公司的员工，她的工作能力很强，领导一直以来很欣赏她。

有一次，陈月负责给一个客户解决问题，在解决问题期间，那个客户一直催陈月快点，陈月也在尽她最大的努力。可是，最后依然没能让客户满意。客户抱怨陈月工作能力不行、做事磨磨唧唧，陈月便回了两句。

第二天，公司收到了客户的投诉，公司考虑到这是个很重要的客户，便让陈月给道个歉。

陈月觉得自己没错，坚决不认错道歉，公司最后只有选择开除了陈月……

有些人，自身只要有点能力，就会自我感觉良好，刚愎自用，认为自己什么都会，什么都能做，不把别人放在眼里。无论是和别人讨论问题、沟通交流，还是和对方竞争，都想压别人一头，体现自己的强势。尤其是遭遇更厉害的人打压自己时，更会撸起袖子和对方硬碰硬，一定要争个输赢。

无论是生活还是工作中，这种总是昂着头锋芒毕露的人，难免会给别人一种趾高气扬，不可一世的感觉，让人敬而远之。如果老是这样，还会让人们觉得这是傲慢无礼，目中无人的表现。

从大格局观来看，这种做法更是显得我们没有豁达的胸怀和忍耐的境界，那也必定是难成大器的。

李文刚入职场不久，同事们都跟他关系挺好，但他的顶头上司却老是找他麻烦。

自从他来之后，上司很多自己的工作甩给了李文，部门的一些闲杂工作也都成了李文负责。即使这样，李文也从来没有质问过领导，只是默默地接受所有的安排。

有一次，李文正在处理自己的工作，上司从自己办公室出来，拿着一份文件，丢到李文的桌子上说："你怎么这么笨，这个报表都能给我做错了。"

李文看了看文件，并没发现错误，他甚至百分百觉得自己是正确的，但他并没有立马跟上司辩驳起来，而是跟他承认了错误，上司又批评了两句，觉得气顺了就走了。

后来，上司因为工作问题被降职，李文因为活干得多，表现出色，被上级领导提拔，顶了上司的职位。

现在，原来的上司成了自己的下属……

格局小的人觉得遇事低头会让自己的利益受损，而有些事如果我们不低头，我们往往只能收获一些自我的膨胀感，最后反而让我们损失得更多：

俗话说"人在屋檐下，不得不低头"，职场中更是如此，面对那些比我们地位高的人，如果我们因为不甘心不愿低头，很可能会被领导怀恨在心甚至开除；有时因为自尊自大不愿低头，很可能招嫉恨，以致成为被打击的对象。面对感情也是同样的道理，有时因为面子不愿低头，很可能爱人会和我们分手……

那些成功的人往往不是处处昂着头的，形势所迫，有时低头也是一种智慧。战国时期，越王向吴王认尿，才让吴王留了他一命，才有了后来卧薪尝胆的成功；楚汉争霸时期，韩信因为忍了胯下之辱，才有机会成为大将军，建立丰功伟绩……

被称为"美国之父"的富兰克林曾去拜访一位前辈，年轻气盛的他，挺胸昂首迈着大步，进门撞在门框上，前辈见此情景说：“很疼吗？可这将是你今天来访的最大收获。一个人活在世上，就必须时刻记住低头。”

适时低头并不是妄自菲薄，更不是自卑懦弱，它有时更能体现出一个人的谦卑和胸怀。

该低头时就低头，不是逆来顺受，那只是在自己能力不足时，采取的自我保护的生存策略。当我们在别人的“屋檐”下时，我们低头能让对方减少对我们的防备之心，能让我们有机会继续在这个“屋檐”下“躲雨”。

凡成大事者，无一不是善于低头的人。他们有勇气放弃眼前的利益，能忍下一时的不平之气，只为考虑着更久远的未来。埋头耕耘，不断提升自己，等到自己的力量能够一鸣惊人的时候，再寻找合适的机会，昂首挺胸地抬起自己的头。到了那个时候，自己之前所受的委屈都会变得不值一提。

一个有大格局的人，知道在现实面前适时低头，藏其锋芒，收其锐气，这是一种智慧的体现。只有低头，才能看清自己脚下的路，才能一步步走好未来的每一步，才能在未来获得更大的成就。

5. 尽人事，知天命

有些人在做事之前，就开始考虑自己的方法可不可行，自己的能力够不够，自己到底能不能成功，往往越有这么多顾虑，就越难成功。

李落在公司工作快两年了，经理一直很看好他，想提拔他当主管。

有一次，领导下发了一个重要任务到李落部门，经理便打算让李落来接手这个任务，从而给他个升职的理由。

可是，李落了解这个任务后，知道任务难度比较大，就和经理说：“我有点担心，以我的能力，不知道能不能处理好它。”经理劝他先接下来，他又说：“我怕处理不好的话，会让经理失望，能不能再给我点时间，让我再考虑考虑？”经理无奈地答应了他。

后来，因为李落迟迟不能下决定，经理只有将任务交给了另一个能力不如李落的人来处理。那个人将任务完成得不算好，但是领导都对他的行为给出了很高的赞誉，他也自然而然地升为了主管。

李落知道结果后，只能后悔自己当时没抓住机会……

很多事情我们在处理前，都不知道会有什么样的结果。因此，很多人对于未知的事情都显得十分焦虑，迟迟不敢下手。他们总担心万一处理不好怎么办，万一让情况变得更糟了怎么办，万一让自己丢人了怎么办……

这种心理一旦产生，会让我们面对的事情不能得到及时有效的处理，而且，一旦养成这种思维方式，还会让我们短视。我们在面对问题时，就只会思考如果是我们处理，是否能解决问题，而看不到我们在解决这个问题时所能获得的经验和成长。

这种“拿不起”的心态，会让我们在处理问题时总是慢人一步，在面对问题时总是显得畏首畏尾。以大的格局视野来看，这对我们日后的发展必定会造成严重的不良影响。

那么，在面对未知事情时，我们到底该怎么做才算是正确的呢？

江兴在一家计算机软件开发公司工作，刚入职半年。

同事们时常说江兴“老做一些无用功”“明知山有虎，偏向虎山行”。因为江兴无论对于什么问题，都会不计结果地尽自己最大努力去做好，他遇到过无数难题，也碰过无数次壁。但这并没有影响到江兴，他依旧秉持这种做事方法。

有一次，领导说了一个十分复杂的软件，让大家尝试着编写，很多人写到一半就心态大崩，再也写不下去了。同事们都觉得后面的会越来越难，完成无望了，很多人都放弃了。

江兴却依旧做到了自己能达到的最好结果，部门就他一个人完成了这个任务。从那以后，同事们对他刮目相看，经理也把他作为重点培养对象了……

有时候事情进行到一半，我们不清楚是否该坚持，不确定未来是否是康庄大道，但我们如果继续努力，就算最后的结果不如意，没能扭转命运，我们也至少努力过，不会遗憾。

面对事情时，过多的顾虑会让我们把很多可能带有“风险”性的方法都排除掉了，会限制我们解决问题的思路。而且，我们所顾虑的东西，往往都只是眼前的利益，比如，做不好会让自己丢脸，会浪费自己时间等等

一个有大格局的人，眼光应该放得更远。在面对一件事时，应该看到的是我们能学到的东西，而不是我们是否能做

成那件事。将每件事都尽心尽力做好，就算不能成功，也能接触到更多我们不懂的东西，让我们学到更多知识。

比如，参加考试时，我们可能一次两次都考不过，但我们只要尽力了，就可以知道自己哪里没学好，从而加以巩固，加大下次成功的机会；在找工作、面试时，只要我们尽力了，尽管失败了，我们也能从面试中学习更多的经验，让我们能越来越轻松地面对……

只有事前调整好心态，早早做准备，才能够让我们积极迎接挑战，才有可能做到更好。这样的话，事后也不必牵肠挂肚，能让我们有更多的时间为别的挑战做好准备。

而且，如果我们能不计结果地去处理事情，往往就能更专心于问题本身，从而想出更好的解决办法。面对事情尽心尽力，也能展现我们待人处事的胸怀和气魄。

一个有格局的人，拿得起，也放得下，对待什么事情都是“尽人事”，争取尽自己最大的努力。这样即使最后面对失败，也能无愧于心。

6. 输得起才能赢得起

输，在人们印象里一直都是个不好的字眼，它会让人不由自主地想到失败、无助以及难堪。虽然没有人想去面对它，可每个人又不得不面对它。因为无论做什么事，没有人能永远站在赢家的位置。而在面对输的时候，往往能体现一个人的格局大小。

张铭在一家公司的销售部工作，业绩一直稳居榜首，他的经理也十分赏识他。

最近，部门来了一个新人，他工作非常认真努力。张铭在部门声望挺好，所以这个新人也时常来请教一些不懂的东西。

有一次，在季末的业绩统计时，新人的成绩超过了张铭，成为了部门第一。经理十分赞赏地夸奖了新人一番，同事们也纷纷向新人投去敬意。这让位居第二的张铭十分不爽，他认为新人的知识都是自己教的，新人现在就算赢了，也是他的功劳，他并没有输。

为了败坏新人在经理和其他同事心中的形象，他经常在背后给新人“穿小鞋”，跑到经理那边告状……

这些行为严重影响了他的工作质量，虽然新人那段时间被盯得很紧，但人家的业绩却变得更好了。那些他告的“黑状”也就不攻自破了，经理和同事们对张铭的好感也渐渐没有了。

很多人在面对“输”时，很容易思想崩溃，情绪不稳，他们往往不能忍受这样的结果，觉得认输很丢人。因而，有些人会选择逃避，他们觉得自己没有输，不但不去提升自己，反而盲目地为自己找借口，然后，在面对下次失败时，继续为自己辩解。还有些人会选择打击报复，他们心里不愿意接受自己输了，于是就开始对赢了自己的人进行攻击，以此来获得心理上的平衡。更严重的是，有些人会一蹶不振，他们无法接受失败，扛不住压力，从而放弃自己，再也不愿尝试输了的事情。

逃避会让人们失去对事情的认知，盲目地选择放弃，他们总会满足于现状，不思进取，不想改变，将失败归于外因，进而愤世嫉俗，打击报复，这样会让自己的状态受到影响，而且，自己在别人心目中的形象，很容易一落千丈。那些一蹶不振的做法就更不可取了，不仅会让一个人停滞不前，甚至会让其出现倒退的情况。

一个有大格局的人，只会想方设法让自己前进，而不是浪费时间，让自己一无所获或者变得还不如从前。

享有“世界第一 CEO”之称的杰克·韦尔奇，在回忆高中时光时，说自己当时是校冰球队的成员。有一次比赛，他们队一连赢了 3 场，这给了队员们极大的信心。可是接下来他们却又一连输了 6 场比赛。最终，他们队以 2 比 3 的结果输给了对方。杰克·韦尔奇愤怒地将球棍摔向了对方的场地，大步离开了比赛场地。

韦尔奇刚回到休息室里，他的母亲就来了，怒气冲冲地冲他吼道：“你这个窝囊废！倘若你不知道什么叫失败，那你就永远不会明白怎样才能获得成功。如果真是这样，那你以后最好不要参加任何比赛。”

母亲的话永远地留在了他的心里，他好像忽然明白了什么。从此以后，每次参加比赛他都告诉自己要保持一颗平静的心，而这也为他日后的成功打下了坚实的基础。

后来，谈起自己的成功之道时，他总是会说一句话：要有输得起的心态。

一个人若输不起，其心志也不足以应对更多的挫折，自然也就无法赢得更大的成功。其实很多时候，谁有输得起的心，谁就能够赢得最终的胜利。

有些人认为，认输就是承认失败，是一件很丢面子的事。认输并不意味着从此就要以失败的面孔示人。相反，大大方方地承认技不如人反而能体现出一个人非凡的气度和人生智慧。而且，往往只要具有认输的勇气，也一定具有重新奋起的勇气。

其实，仔细想想，“输”只不过是让我们重新回到了奋斗的起点，它告诉我们这个方法行不通或者这样做没有人家那样做更好，需要我们另寻出路，避免再在原地跌跟头。有格局的人可以从“输”中得到好的启示，看到“输”独特积极的意义。

一个具有大局观的人，会把每次失败都当做是发现自身的弱点，认清自己的局势，不断地提高自己，加强自己，让自己拥有更多的资本和更强的实力。他会把每次大风大浪的袭击都作为自己以后道路上宝贵的成长经验，然后再利用这些经验去收获更大的成功。

很多人因为怕输，不敢去闯。而恰恰是那些怕输的人，注定了要充当输家的角色。输不起的人，比别人少了更多的成长的机会，往往很难取得比别人更大的成功。而那些能够从失败中站起来，在输的同时找回信心的人，才能拥有强大的内心以及广阔的视野，支撑他们获得更大的成就。

7. 强扭的瓜不甜，该放下的得放下

当想要做成一件事情时，尽管已经尝试了无数次，还是不断失败，你是选择依旧尝试还是偃旗息鼓呢？

李燕毕业后，成功进入到一家计算机软件开发公司。

刚进公司时，带她的师傅就跟她说，要是遇到实在不会的项目就可以跟她说，她再给李燕布置新的项目，以免浪费时间。

可是，李燕却是撞了南墙也不愿回头的人。无论遇到什么难题，她都想要把问题解决了才罢休，有时候为了一个问题，甚至能用几周的时间，尽管最后还是没法解决。

有时，师傅看不下去了，就让她放下之前的项目，给她安排了新任务。但她还是对以前的任务念念不忘，常常放下现在的工作继续想办法解决以前的问题……

最后，试用期还没过，李燕就被公司辞退了。

一般情况下，遇到麻烦或者问题，想要解决它们的心态是没有错的，尝试失败后，继续坚持不懈地努力也是没有错的。若是没有这种正面问题并且勇于尝试的精神，我们也很难做出成绩。

可是，这并不意味着我们遇到的每件事都需要不断尝试。有很多事情，并不是我们重复足够多就能取得成功。比如，我们是怎么努力也考不过英语四级的人，去一家对英语要求非常高的外资企业面试失败了，就不断地继续找其他同等外

资企业面试。我们这么尝试多少次也只能是失败，能力不到，再多的努力也得不到好结果。

不仅如此，有时候时机未到，我们的努力不过是徒劳。比如，我们选择创业，抓住了未来产业发展的趋向，并且将新产品发布了出来，尽管不断地被市场淘汰，我们还是不断地投放，最后耗完了自己所有的资金，还是一无所成。

强扭的瓜不甜，往往我们用尽全身力气却还一无所获，又或者耗尽力气才勉强达到，这样的结果怎么都不能让人振奋。就像一个人喜欢另外一个完全不喜欢自己的人，或许自己穷追猛打让对方感动了，最终双方在一起了，但这样的感情一般都不能长久，当一件事，付出远远大于得到时，并不会让人有太大的幸福感。

所以，对于有些事情，我们选择放下或许比坚持更有意义。

陈素从小就喜欢绿色植物，毕业后一直想开一家自己的多肉植物盆栽店。

但因为自己没有足够的资金，计划就搁置了。在外工作了几年后，她拿着一些资金回家开了个小店。生意并不如想象中那么好，在和同街的竞争中她差点血本无归。

于是，她果断选择低价清仓，并关闭了店面。之后，她去了一家挺大的多肉盆栽店打工，当了两年店员，当她觉得自己对多肉的相关知识已经足够了解了，就辞职回家继续开店。

这次，因为自家的多肉比同街的都圆润、鲜活，她的店面也在这条街上渐渐站住了脚，并且开始声名远扬……

放下，并不是逃避，也不是一种消极的人生态度。它只是让我们把暂时解决不了的事情放下来，等到可以解决的时候再来解决，为我们的人生争取更多的时间和机会。其实，选择放下就是一种睿智和远见。

如果我们还没有足够的能力去解决眼前的问题，选择放下，能够让我们从苦苦挣扎的困境中跳出来，审视我们自身的不足，找到自己不能解决问题的原因。然后再努力完善自身，加强自己的能力，等到自己能够解决问题的时候再重整旗鼓。就算最后也无法解决问题，我们自身的能力也得到了提高，从长远来说，也是一种成长。

如果是时机不对，选择放下，不仅能够为我们省下更多的时间和资源，防止我们做无用功，而且能让我们更加客观地从大局上来分析，我们的方法、选择方向到底适应什么阶段的发展，从而让我们做出更好的决策，获得更大的收获。

有些时候，选择放弃可以帮助我们少走很多弯路。无谓的坚持只会让自己一错再错，在原地停滞不前。生活，需要我们学会争取，也要求我们学会放弃，放弃那些可能本就不属于我们的东西，从而轻装前行。

格局小的人都渴望获得，不愿失去，坚持于选择，而忽略了放弃。若是以大格局的视角来看，有时候执着更是一种负重和伤害，过分的坚持甚至就是愚蠢，因为它会让我们失去更多、更好的发展机会。

当人生的理想和追求不能实现时，不妨果断地选择放下，换个角度来看待问题。换个角度，可能就会产生另一种哲学，另一种处事观。

第五章

大局思维，
问题的高度决定你所在的层次

NIDE
GEJU JUEDING NIDE
CENGCI

1. 不拘小节，计较小事的人格局一般都差

阿里巴巴创始人马云，曾在一次讲话中说过："不拘小节，细节好的人格局一般都差。"对于这句话，我们该如何正确理解呢？

张烨和李华刚到新公司不久，两人工作都十分努力，经理也一直在培养他们两个，想让他们能有所发展。

一段时间过后，经理发现张烨的进步明显没有李华快，就观察了下张烨的工作状态。经理发现张烨看起来比李华花了更多的时间，更用功，就一直疑惑为什么会这样。

后来，又观察了一段时间，经理发现原来张烨平常在公司的时候，对于生活上的一些问题关注得太多，耽误了他太多的时间。比如，同事一旦有点感情问题，他就会一直照顾到人家心情变好；部门有个聚会，他就马上投入进来为大家出谋划策等等。

经理还因为这事找了张烨几次，但张烨觉得只有做好每一个细节才能获得成功。结果，在后来的升职考核中，李华的工作能力远远超过了张烨，领导们一致决定主管位置属于李华。

有人说“成大事者不拘小节”，也有人说“只有做好每一个细节才能成大事”，这是不是相互矛盾呢？其实不然，这种各持己见的原因，主要在于大家对“细节”这个词的理解不同：有的人觉得细节就是生活中的琐碎，而一个成功的人不会被生活中的琐碎束缚；有的人觉得细节就是我们遇到的每件事情的分支，一个人想成功，就必须做好这些。

“不拘小节”出于《后汉书·虞延传》，指的是待人处事不拘泥于小事，不为小事约束，多指不过分计较生活中的小事。“小节”是指无关大局，无关原则性的细枝末节。

而马云所说的话的意思就是，那些过分注重一些生活琐碎的人，是不会有大格局的。因为在他们的眼里，只有生活中的待解决的“柴米油盐”问题、他们看到的往往都是局部的问题，没法把握整体，形成一个科学合理的大局观。

只有做到不被那些非原则性问题，生活上的琐碎所影响的人，才是有大格局，能成大事的人。

韩信从小识文断字、熟读兵书，熟悉各种作战方法，但因没有机遇，一直当不了官。他当时家里很穷，家乡人都笑话他穷酸，其中有一个人还经常当众侮辱他。

有一天，这个人在市场上碰见了韩信，当众侮辱道：“别看这小子人高马大的，身上还挂着一把破剑，他就是一个胆小鬼，连他的破剑都拔不出来。如果今天你小子敢把剑抽出来杀了我，就算你有种，否则的话，你就从我胯下钻过去！”

韩信真恨不得抽出剑来，一剑刺死这个当众侮辱自己的无赖，但转念一想：他只是一个杀猪的，我杀他是要抵命的，为他而死，太不值得了。我还要当将军，决不能同这些无知的家伙一般见识！

于是，韩信径直趴倒在地，从那个无赖的胯下钻了过去。也正因为这样，才留下了后来的秦汉时期的著名大将的传说。

古今中外，能断大事者，不拘小节者不计其数。比如不修边幅，蓬头垢面的爱因斯坦；思考问题入神，将手表放进锅里去煮的牛顿；走路撞到电线杆的陈景润等等。一个人只有把更多时间用在处理事情上，才可能获得更多的灵感，想出更好的解决问题的思路，才有可能获得更大的成功。

一个有大局观的人，能在任何情况下审视全局，将那些与发展无关紧要的事情都排除掉，只关注影响全局发展的关键部位，直奔能够促成全局成功的因素。他们知道什么是无关紧要的小节，什么是至关重要的细节，然后，用宽阔的胸襟去容忍这些无关紧要的小节，再以更大的精力去处理那些至关重要的细节。

当然，我们要想做一个不拘小节的有格局的人，最重要的就是先分清哪些是真正的小节。联系现实，我们不难发现，在我们的工作中，那些与任务无关的事情，比如，对上司的不满、对工作环境的抱怨等等都是小节，我们如果忽略掉这些琐事，就能集中精力去做真正重要的事。

还有，我们如果能将我们的大目标细分成一些小目标，也就能很轻易地将自己必须完成的细节和那些无关紧要的细节分开来。能更准确地针对目标，不至于让自己被这些“细节”混淆而顾此失彼。

最后，做一个有大格局的人，需要不断地学习来提升自己的眼界，养成大局思维，看待每一个问题都能在足够高的角度上，有足够大的胸怀来忽略掉那些不必要的细节，从而让自己有更多精力来获取更大的成就。

2. 以大局为重，把团队的利益放在第一位

有时候，我们难免会面对个人利益与团队利益之间出现矛盾的时候，这时，是否能分清个人利益与团队利益的主次，是一个人格局大小的主要表现。

赵新所在的金属冶炼厂因为原料输入渠道发生了变故，原料的供应迟迟连接不上，但与商家签订了具体的交货日期，不能再延迟了。为了使产品如期完成交货，公司领导决定增加夜班，争取在合同期内完成产品供应。

这时，赵新和一些员工就不愿意了，“上夜班太累了”“这样上班给多少钱我也不去”“我家有小孩子，晚上上班了，没人照顾呀”……

员工们都不愿上夜班，厂里只好取消夜班计划。最后，产品的生产进度赶不上，金属冶炼厂就没有按期向商家交货，按照合同规定，扣除了相当多的违约金。

因为厂方受到损失，员工奖金福利的额度大大减少。直到这时候，赵新这些员工才知道后悔。

有人觉得“集体利益高于一切”不过是个口号，实际意

义不大。事实上，团队是个人的生存平台，一旦有人把个人利益凌驾于团队利益上，给团队造成了损失，其实他们自己受到的损失会更大。

现实中总有人只想着自己的眼前利益，不能与团队同舟共济，有些人可能认为个人利益与团队利益是对立的；有些人则认为个人前途与团队前途没关系。事实上，我们和团队的利益都是相辅相成的。

从一段时间看，个人利益和团队利益可能是冲突的，会出现个人拿得多团队就得得少的情况。但从长远来看，个人利益与团队利益绝对是统一的。只有团队效益高、发展好了，给个人的福利待遇才能有相对大的增幅，才能给个人更好的发展空间。反之，那些效益差的团队，应付日常周转都很吃力，哪还有闲钱给个人提高待遇！

一般情况下，个人利益与团队利益发生冲突时，需要牺牲的个人利益不会太多。如果我们选择维护个人利益，很可能让团队利益受损，团队的发展就会受到严重的打击，对我们以后的发展也会造成阻碍，这样一来，反而给自己造成了更大的损失。

所以，一个有大格局的人，知道在团队利益与个人利益发生冲突时，只有将团队利益放在第一位，才是正确的选择。

李科在一家服装设计公司工作，刚进公司不久，公司就准备举办一个服装品牌推广活动。李科为了抓住这次机会好好表现自己，熬了几个通宵来做好自己的策划书。

最后，通过层层筛选，李科的方案被认为是最优秀的方案。就在他准备接手这个项目时，老板把他叫到办公室跟他说："小李呀，你能不能把你手头的策划让给部门小赵来做?他跟这个客户是老朋友了，成功的几率更大一些!"

李科想了想便答应了这个提议，最后这笔生意顺利谈成。在庆功宴上，老板当众夸李科懂大局，识大体，是个可塑的人才。

后来，公司的策划总监辞职后，老板便让李科当上了策划总监。

把团队利益放在第一位，让个人利益服从团队利益。因为个人利益是在团队利益的基础上的，只有服从组织做出的正确决策，让团队利益最大化，才能让我们在团队获得发展的同时，得到更大的个人利益。

就算后来团队没有发展好，并没有回报给我们什么，但当我们在正确权衡个人利益和集体利益时，也逐渐养成了整体性的思维模式，在以后处理事情时，我们就能有更大的格局，从而让我们获得更大的成功。

而且，当我们适当放弃个人利益时，无论是团队里的同级还是更高等级的人，都会对我们心存感激。上级更是会看到我们处事的大局观，在以后的发展中，我们也能够取得更大的成就。虽然对于现在来说有一定的损失，但收获来自别人的认可会让我们有更好的资源积累。

因此，有时就算我们牺牲了个人利益，如果从长远来看，我们不过是为自己更好的未来做了一笔投资。当以大局的视角来看待问题时，我们就会发现，将团队利益放在第一位其实就是为了让我们能够获得更大的成就。

那些在大是大非面前，仍只看重个人利益的人，往往缺乏大局观。这样的人迟早会遭到团队的淘汰。只有将自身的发展依托于团队的发展，我们才能有更好的环境和动力来得到自我提升，为团队和自己创造更多的利益。

3. 做决策要分清轻重缓急

人生时时刻刻都需要做决策，有的决策很容易做出来，例如早饭吃什么，周末去哪儿玩；但有时候决策却又难以敲定，例如出国留学好还是在国内读博好？出门闯荡好还是留家乡工作好？……当摆在我们面前的多于一个选择供我们考虑时，我们是否能做出正确的决策，有时对于我们来说至关重要。

吴田是一家公司的部门主管，有一天，经理在他上班前告诉他，领导说公司的网站有一些内容不太符合公司的新规定，让他们部门限期整改，务必两天内给改出来。

两天过去了，经理找到吴田，问他为什么网站上的东西还没更改。吴田说："最近在忙着写自己之前的工作日志，没有时间改这个。本来想拜托同事帮忙的，可是同事也一直没有闲余时间。"

经理听后十分生气，"我不是叫你两天内做好吗？你知道这样会造成多么严重的后果吗？要是公司网站被封了，你就拿着你的工作报告一起走人吧！"

吴田看经理发这么大脾气，很不解，自己不也在忙着做事，又不是在闲着……

我们在工作或者生活中，时常遇到这种多项选择。这个时候，在我们的潜意识里就会对事情的轻重缓急进行划分。比如，在同一时间，电话响了、手头任务还没完成、老板让立马去办公室、同事让帮忙发个邮件。这时，我们就会思考先办哪件事，再办哪件事，它们的排序也就出来了。

而一个格局小的人，他不会站在更高的层面来看待事情，往往不能正确区分事情的轻重缓急。这样就会使得某些对人生有重大影响的事件得不到及时处理，案例中吴田就是没有分清事情的轻重缓急，才让经理愤怒不已。

对于领导层来说，如果自己下属不能对自己分配下来的任务有明确的认识，他们内心必定十分失望，谁都不想看到下属不按自己的想法去办事。当自己处于领导层时，如果没有大局观，分不清事情的轻重缓急，那就不会有合理的任务分配，最后就会让自己所带领的团队一团糟。

要想做大事，做正确的决策，为团队创造利润，就一定要先分清楚事情的轻重缓急。

在一次课堂上，一位教授先在桌子上放了一个装水的罐子，然后又从桌子下面拿出一较大的鹅卵石放满了罐子。

教授把石块放完后问他的学生：“你们说这罐子是不是满的?”

“是!”所有的学生异口同声地回答。

然后，他又从桌底下拿出一袋碎石子，把碎石子从罐口倒下去，接着问学生："你们说，这罐子现在是不是满的？"

班上有位学生细声回答："也许没满。"

"很好！"教授说完后，又拿出一瓶水，慢慢地倒进罐子里……

最后，这位教授用眼睛向全班同学扫了一遍说："我想告诉各位的是，如果你不先将大的鹅卵石放进罐子里，也许以后你永远没机会把它们再放进去了。"

一个人，只有分清事情的轻重缓急，做事才能有更好的计划，才不至于让自己把很多时间和精力浪费在一些没有意义的事情上，让自己错过更大更好的机会。因为缺乏洞悉事物轻重缓急的能力，他们做起事来毫无头绪，虽然也是在勤勤恳恳地做事，但结果却往往与别人不一样。

一个有格局的人，会站在更高的角度看待自己遇到的事情，分清哪些更重要，从而迅速着手处理那些更重要的事情，及时高效地完成任务。

正确区分事情的轻重缓急并及时处理，不仅能让我们自身得到发展，对于一个领导者来说，更是决定了整个团队的发展方向。只有分清了主次，才能让下属们知道该在哪儿提起注意力，该往哪儿发力，才能促使团队走向更好的未来。

因此，无论是作为员工还是领导，该如何对事情进行排序，都是十分重要的。

一般情况下，对于所有的事情，我们都可以把他们分为四类："重要而紧急""重要不紧急""不重要却紧急"，"不重要又不紧急"，对于重要而紧急的，我们得马上做，而且还要认真做好；对于重要但不急的，我们不必在当天做，可以改天找时间慢慢做；而对于不重要但很急的，我们要先应付了事；至于那些不重要又不急的，可以不用放在心上，等以后需要时再做。

辨别事情的缓急，知道当下最该处理什么，是个人时间管理的重要秘诀。只有这样，才会慢慢将自己培养成一个拥有大格局的人。

4. 尝试站在老板的角度思考问题

一个成功的人，往往有很大的抱负，比如，刘邦第一次见秦王时就说“大丈夫生当如此”，最后果真黄袍加身。而这些人，他们之所以比别人更容易成功，并不只是因为他们比别人多了野心和抱负，而是因为他们会把自己放在自己想要达到的高度来思考问题。

陈肃到一家猎头公司做业务员，刚开始每天的工作就是最少要向外打 100 个电话。

老板在公司里时，陈肃一直都在努力工作，表现不错。可当老板外出时，他就开始“偷工减料”，心里总是想着“能少干一点是一点，又不是我的公司”。

每次打电话前，其他员工都在为打电话做准备，了解客户的相关资料以及做一些术语练习等，可他却从不认真准备，只想着完成数量就可以。

一段时间过去了，所有人都有成绩，只有他没有为公司拉来有效客户，经理只有炒了他鱿鱼，结束了他的试用期。

工作中，很多人都会认为，公司是老板的，我只是替老板工作。就算干得再多、再出色，最终好处还是老板的，我为什么要卖这个力！有这种想法的人，其实无异于在浪费自己的生命和自毁前程。

除了那些本来就很有钱自己做老板的人，绝大部分人要想自己有一番事业，都得一步步地从工作中爬出来。只有在工作中不断地积累和自己事业相关的知识以及人脉，才可能在以后的创业中取得成功。

如果我们的心态只是为人家打工，敷衍工作、敷衍老板，我们的格局就太小了。这样做的话，不仅让我们没法真正学会解决问题的办法，而且无法升职，去获得更多自己应该了解的事情，那我们的工作就不会对我们的未来有任何帮助。

这种格局小的人，看不到自己未来的发展道路，只想图一时安逸，往往会和很多机会失之交臂。这样的人，别说自己想干一番事业了，往往连自己作为一个员工的饭碗都保不住。

无论是想做一个好员工还是一个好老板，如果仅仅是站在员工的角度想问题，那是远远不够的。

张岩刚进公司的时候，老板经常给他安排一些棘手的任务，很多工作内容都不是他的分内事。那段日子他总是起早贪黑，朋友劝他别那么拼命，他却说："我知道这件事情比较棘手，老板心里比较着急，他让我做就是信任我。"

有时，老板外出，不在办公室时，很多员工都偷懒，而张岩还是一如既往地努力。他总跟朋友说："我要是做老板了，我会要求我的员工们都积极做事，而且不用我的监督，他们一样能做好，能时刻维护公司的利益。只有拥有这样的员工，我的公司才能不断发展壮大。"

张岩将公司当做自己的公司，经常去跟老板提一些有建设性的建议，希望公司能发展得更好。

就这样，一年下来，他的业绩成了公司里最好的，老板也很开心地提升他为业务部经理，他摇身一变成了管理层。

英特尔总裁安迪·葛洛夫在加州大学伯克利分校作演讲时，对毕业生们提出了以下建议："不管你在哪里工作，都别只是把自己当成员工——应该把公司看做是自己开的一样。"这就是在说，无论我们身处何职，我们始终要以老板的态度来对待公司。当然，这并不是让我们去指点江山，而是让我们以这种积极的态度对待自己的工作，提升自己的主动性。

拿破仑曾说过"不想当将军的士兵不是好士兵"，我们只有时刻保持着对工作的激情，把自己的工作当做自己的事业来对待，才能算一个合格的员工。

在职场中，那些有大格局的人，都能站在老板的角度，以老板的思维去对待工作和公司，往往也会比别人显得更轻松和应付自如。相比于在公司里高高挂起，只做自己事的员工，老板更欣赏的是那些有大局观的人，他们往往也能成就比别人更大的事业。

俗话说，"大河无水小河干"，企业的利益、老板的利益和员工的利益其实也是紧密相关的，我们站在企业、老板的立场思考问题，处理问题，其实不仅是对公司利益的一种维护，更是对自己利益的一种巩固，这样我们才能在事业上取得长足发展。

而且，若是平常工作中能够以老板的心态去努力，多学习老板的处事方式，为公司谋发展，那么，一个好的公司，一个好的老板，自然也会给我们的努力回报。

5. “鸟瞰”全局，找到解决问题的关键

有时候，我们会发现，明明自己能力也到位了，做事态度也十分认真，可总有一些问题让我们耗费大量时间，还无法解决。这时候，我们往往就是被自己的格局限制了。

郑青出来闯荡已经五了年，现在仍旧在反复找工作。他找工作时没有具体目标，看到哪个工资高就去应聘。

他几乎什么工作都做过。物流、销售、房产、客服等等。虽然对待每份工作都很勤奋努力，但因为兴趣都不大，什么工作都做不好。经常被留下加班，工作效率很低。在每份工作的最后，不是他炒老板就是老板炒他。

一直找不到工作的他，时常跟朋友说自己只是运气不好，早晚会出头的……

生活中发生的很多事情，我们不去认真思考，找出问题的关键点所在，盲目地按照自己的想法行事，往往不能达到目的。抓不住问题的核心，也是导致我们迷茫痛苦的重要原因。

高效率对谁来说都是一件好事，无论是对自己、客户、老板、领导或者员工。但是，我们经常不能高效率地解决问题，因为我们总会遇到一些问题，虽然自己也忙里忙外地忙个不停，但一直没法解决，甚至解决后比解决前更糟。

解决问题重要的是找到关键点，比如，我们要修一条漏水的木船，我们首先得找到是船的哪里出现了问题，而这个“哪里”就是我们解决问题的关键点。只有越快找到这个关键点，我们才能越高效率地解决“漏水”这个问题。

在现实中，我们遇到问题时，时常将自己置身于问题中，就像在一艘船上针对每一个甲板进行检查分析。虽然这样也不算错，但这会十分限制我们看问题的角度，无法看清问题的全貌，就算最后解决了问题，也往往会花费大量的时间和精力。

在工作中，这种看待问题的方式，明显会严重影响我们的发展。它不仅会让上级觉得我们态度不端正，让客户觉得我们不靠谱、做事拖沓，而且还会让我们能够接触和学习的东西更少了。

所以，一个人如果要想获得大的发展，就必须跳出这种对什么事都细致分析后再来一步步解决的小格局的做法。

隋文帝杨坚，刚登基时，每件事都要亲力亲为，每天都忙于各种烦琐细碎的事务性工作。虽然他态度十分端正，想为臣民多做一点事，可最后却导致朝廷办事效率超级低，上下苦不堪言。

大臣治书侍御史柳彧向他进谏说：“您只负责发布政令、

施行教化就可以了。不要被那些琐碎的小事缠扰，更不能因纠缠小事而妨碍大政。每天成千上万件事需要处理，事无大小，全由陛下您亲自处理，那是不行的；抓住那些关键性的大事，才称得上英明帝王。小事交由大臣们处理就好。”

杨坚听后，恍然大悟，果断采纳了柳彧的建议，把事务性的杂事琐事都交给手下大臣管理，自己只负责关系国计民生的大政方针制定等重大问题，不到十年，一个凋敝的国家走上了正轨，有了长足的发展，迎来了历史上的“开皇盛世”。

一个有大格局的人，遇到问题时，会首先跳出视野限制，站在足够高的位置来“鸟瞰”全局。站得高，望得远，当一个人不从局部出发，而分析全局局势时，就能够透过现象看本质，从而快速找出问题的关键点，能省去不少时间和精力。

抓问题的关键，往往比盲目的努力要重要得多。如果无法打开视野，找不到正确的方法，那我们的成果必然不会有多少，信心也必然受到打击，进而对我们的发展形成阻碍。所以，要想在面对问题时更加游刃有余、从容不迫，我们就得善于抓住问题的关键。

那些做事效率高的人，虽然行事方式不尽相同，但他们的眼光都不会只是落在眼前的问题上，他们都有“鸟瞰”全局的眼光和思维。也正是因为这样，他们才能比别人更高效地解决问题，获得比别人更大的成就。

我们如何看待一个问题，是只关注局部还是能够站在更高层次来“鸟瞰”，其实也是我们格局大小的体现。要想达到更高的人生高度，我们就得不断提升我们人生的格局。

6. 弃小利，成大事

我们遇到的每件事情都有得有失，有利有弊。在这些得失中，对眼前的利益取舍做出怎样的决定，也体现着我们个人的格局大小。

1905年，在巴伐利亚，有两个有名的钟表匠，一个叫菲尔德，一个叫汉斯，他们都想占得更大的手表市场。

菲尔德先想出了一个好点子，他开始研发一款防水和带有自动功能的手表。汉斯知道一旦菲尔德在他之前研制出了那款手表，他的公司将会受到前所未有的威胁。而且，菲尔德显然在技术上要胜他一筹，他现在就算想赶超也是希望渺茫。

就在苦无良策的时候，汉斯打听到菲尔德除了手表生意还兼做草帽生意。汉斯立即让助手去向菲尔德高价定购草帽。菲尔德见做草帽生意给自己带来了更多的利益。就把研制手表的事搁置一边，转而来做草帽生意。

就这样，汉斯赢得了时间，很快制造出一款有着防水和自动功能的手表。并为它取名为“劳力士”，不久，劳力士手表占领了整个世界市场。

“天下熙熙，皆为利来；天下攘攘，皆为利往”，人们总是害怕失去一切，因此什么都不愿放下，就经常纠结于眼前的小利，不愿放手。表面上看，他们虽然获得了一定的利益，但往往会错过更重要、更大的利益。

计较小利的人往往给人小气的印象，他们通常难成大器。只要别人触碰他们一点微不足道的利益，他们就会怒火冲天。这种人的人际关系往往很差，那他的人脉也就会受到影响，而每个能够做大事的人都离不开别人的帮助。

一个人过于在乎眼前的小利，会看不到更远的未来。当初刘邦先进的咸阳城，他没有贪图小利，而是籍吏民，封府库，约法三章，为自己未来做准备，最后取得了天下；而项羽进了咸阳，取秦国的珍宝东归，焚烧宫室，只看到自己现在能得到的利益，最后落得个乌江自刎。

追逐小利的人，往往都经不住诱惑，容易上当受骗。这种人的做事节奏很容易被打乱，他们没法对外界的诱惑做出正确的反应，很难成就属于自己的一番大事业。

而且，这些人还容易被眼前的利益蒙蔽眼睛，想方设法得到眼前的利益，甚至干一些不合规矩的事情，到最后一发不可收拾，很可能本来是能成大器之人，也会亲手毁了自己的前程。

一个有大格局，想要成大事的人，一定得学会舍弃小利。

陈艺刚进一家公司不久，但很受上司赏识。

有一次，公司接了一个大项目，领导将这个项目交给了陈艺所在的部门来负责。上司将这个项目又分给了陈艺所在的小组。大家对这个项目都是一头雾水，不知道从哪儿开始。于是，陈艺便独自提出企划案，并负责起了整个流程，埋头苦干了几个月。

后来，这个企划方案取得了不错的成绩，公司也给她发下一大笔奖金。陈艺并没有自己拿了这份奖金，而是说："这个企划能够成功，是大家共同努力的结果，这笔钱应该均分给所有参与者。"那些得到额外奖金的人，都对陈艺称赞不已。

不久之后，公司又想要提拔陈艺，陈艺又说："我的工作能做成这样，多亏我的上司一直督促我点拨我，我怎么能独占功劳呢？"

她上司听得心花怒放，最后，在上司的游说下，陈艺就由一个业务员破格升为主任。此后无论有什么好任务，他第一个想到的总是陈艺。

韩非子曾说："毋见小利。见小利，则大事不成。"有时为了顾全大局，保护更大的利益，需要学会暂时舍弃较小的利益。这种舍弃，并不是完全失去，而是获得长远利益的开始。

善于舍弃小利的人往往能发大财。据说温州人做生意，十分利润只赚六分，另外四分留给别人，这样一来，别人有了机会自然会想到这些商人。在这个追求互利共赢的时代，只有想办法让别人多获得一些利益，我们才有可能获得更多的机会。

如果我们能够看清真正要追求的东西，愿意放下眼前的小利，过程虽然可能痛苦与矛盾，但只要眼界一开、气度一广，心不再被束缚，所见的风景自然就会有所不同！那时，我们所见到的，就不再只是眼前的利益，而是日后更大的成功。

很多时候，我们需要面对"鱼和熊掌不可兼得"的情况，左边是利益，右边也是利益，放弃哪边都舍不得。权衡利弊的关键就在于，哪方能给自己带来最大的好处。如果要想有所作为，就不能贪图一时或一事的小利，以后的发展对于我们来说才更是至关重要的。

弃小利，成大事。只有能舍弃小利的人，才是心存大局的人，这样的人心胸开阔，眼界高远，往往能成就一番事业。

7. 逆向思维，考虑相反的情况

通常，大多数人都习惯用正向思维模式来解决问题，如果这种思路无法解决问题时，我们不妨试试逆向思维。

有位老人退休后，自己买了一间小房子，想享受一下安静的时光。因为挑的地方并没有很多人，刚开始几周，他过上了静谧的日子。

可是，有一天，有三个年轻人在附近踢垃圾桶玩，打破了这种生活。老人受不了这些噪音，出去跟年轻人谈判，年轻人不但不听，反而从那以后每天都来制造噪音。

老人发现这样没法解决问题，第二天便跟他们说："我喜欢看你们玩得这样高兴。如果你们每天都来踢垃圾桶，我将每天给你们每人一块钱。"

三个年轻人很高兴，每天来更加卖力地表演。三天后，老人愁眉苦脸地对他们说："因为经济原因，从明天起，只能给你们每人五毛钱了。"

年轻人虽然不大开心，但还是接受了老人的条件。他们每天继续去踢垃圾桶。又过了几天，老人又对他们说："对不起，现在我每天只能给你们两毛了。"

"两毛钱？"几个年轻人愤愤地道，"我们才不会为了区区两毛钱浪费时间在这里表演呢，不干了！"

从此以后，老人又重新过上了安静的日子。

传统习惯下，我们都会用正向思维，即由问题到结果来处理事情，并且逐渐形成惯性思维。比如，我们见有人落水了，就只会想怎么把他捞出来，让他离开水。可是我们既不会游泳也没有工具。我们这样做很可能让自己死钻牛角尖，固执地坚持自己的方向，从而只会让我们和目标越来越远。

这时，逆向思维就可能会给我们带来意想不到的结果。什么是逆向思维？可以理解为根据自己的目标，去寻找能达到目标所需要的条件，或者在目标确定的情况下，从另一个相反的角度重新考虑问题，由此找出解决问题的合适方法。比如，我们看见有人落水了，我们想的是怎么救他，既然我们不能救他出来，那我们不妨赶紧放声大喊，看看旁边有没有其他人能够帮忙，也同样能够达到目的。

如果一个人只能以正向思维来思考问题，那他的视野往往也就会变得狭隘，无法让自己看到更多解决问题的机会，从而无法更好地处理问题。逆向思维，考虑相反的情况是一个有大格局的人不可或缺的思维方式。

孙膑刚到魏国投奔魏惠王时，魏惠王因嫉妒他的才能，故意刁难他说："听说你挺有才能，如果你能使我从座位上走下来，就任用你为将军。”

魏惠王心想：我就是不起来，你又奈我何？

孙膑对魏惠王说：“我确实没有办法使大王从宝座上走下来，但是我却有办法使您坐到宝座上。”

魏惠王心想：这还不是一回事，我就是不坐下，你又奈我何？

他便乐呵呵地从座位上走下来。孙膑马上说：“我现在虽然没有办法使您坐回去，但我已经使您从座位上走下来了。”

魏惠王方知上当，只好任用他为将军。

1901 年，伦敦举行了一次“吹尘器”表演，它通过气流将灰尘吹起，然后收入容器中。一位设计师反过来想，那若是将吹尘改为吸尘，岂不更好？根据这个设想，研制成了吸尘器；

奥斯特发明电动机后，法拉第想，既然电能生磁，那反过来呢？于是他发现磁也能生电，最终发明了发电机；

涅槃乐队将主流摇滚和流行音乐的传统做法和惯例完全颠倒过来。不在专辑的制作上投入大量资金，追求简单、原生态，最后乐队专辑《Nevermind》被收入美国国会图书馆，成为 20 世纪最具“文化、历史和美学价值”的录音作品之一；

……

很多成大事的人，都有明显的逆向思维能力，也正是拥有这种能力，才促使他们看到别人看不到的发展机会，提出更有创造性的想法。老子曾说：“反者，道之动”，反其道而行之也是事物运行的规律。从反方向来思考自己现在面临的问题，可能会给我们更好的启发，给我们的发展提供更广阔的道路。

逆向思维是一种更强大的思维方式，它可以让那些原本我们看不到的机会或者并不显眼的错误都暴露出来，有助于我们打破自己的思维定势，促使我们多角度观察问题，然后再做出最终的决定。防止我们做出不完善的决定，让我们三思而后行。

逆向思维是一种创造性思维，有时它可以将不利的因素转化成有利的条件，化压力为动力，将劣势转为优势等等。它可以帮助我们打开视野，让我们不会以单一的角度考虑问题，打破陈规，发现别人看不见的机遇，从而在今后的发展中取得更高的成就。

要想做一个有大格局的人，就必定要站在更高层次来看待问题，也就必须要掌握这种逆向思维能力，从而更全面地看待问题。

第六章

自信加魄力，
不设限的人生潜力无穷

1. 不要用太小的“局”框限住自己

很多人在人生的某一阶段，会发现自己的发展受到了限制，到达了“瓶颈”。其实，这往往都是因为他们自我认知格局太小，框住了自己。

1954 年，在美国小城圣贝纳迪诺有一家餐馆生意非常火爆。这里常常有长不见尾等着买食物的队伍。

有一天，一个 52 岁的大叔来到这里，看到了这个盛况。便向店主提议开设分店，店主不愿意承担开分店的风险，对他的建议不认同。

无奈之下，他提出自己来开分店，店主只需要等着拿分红。这次，店主同意了他的建议。之后，在六年里，他拥有了这家餐馆的 280 家分店。

1961 年，他又借钱向之前的店主买下餐厅主权，成为这家餐厅唯一的主人。

这人名叫克洛克，这家餐厅后来改名叫麦当劳。

在生活中，有些人做起事来小心翼翼、束手束脚，总认为眼前即所有，被狭窄的眼界限制了发展。同样是搬砖，有些人会觉得自己在砌一堵墙，有些人会觉得自己在盖一座房，还有些人会觉得自己在建造一座新的城市。而那些觉得自己在建造城市的人，在我们生活中少之又少。

大多数人打着“稳定”的幌子，害怕尝试，不敢超越，看不到更大的目标。如果只能确保扛起40公斤的东西，就绝不想去挑战41公斤的。这样的做法可能不会让我们看起来那么可笑，但往往会让我们失去更多的人生机会。

博恩·崔西说：“成功等于目标，其他一切都是这句话的注解。”我们所追求的成功就是实现我们自己心中的目标。我们设定了一个目标然后把它实现了，就等于一次成功。而人的一生中会有各种各样的目标，这些目标组合起来，我们能得到多少成功，就能获得多少成就。

这就是说，通常情况下，我们能获得多大的成就，往往与我们能定下多大的目标息息相关。如果一个乞丐，对那些衣食无忧的人毫无感觉，却嫉妒比自己乞讨得多的乞丐，那这人估计一直就是个乞丐了。甚至，有些人即使有一身本领，若没有目标，还是会一无所成。

一个缺乏胆识，没有大格局的人，只会让自己的人生受限，无法取得更大的成绩。

世界房产大亨唐纳·川普去纽约闯荡前，有这样一段故事：

川普的父亲当时在一个小村庄盖房子，做房地产，他主要针对的客户是中低阶层的人。

川普整天看着父亲的生意，觉得自己应该有更大的成就，于是跟父亲说要到纽约发展。

父亲说："你在纽约没有任何身份和地位，要成功难上加难。"劝他留下来继承自己的生意。

川普却不以为然，自信满满地说："想大一点！"毅然决然地去了纽约。

多年后，他成为全纽约拥有最多房地产的人，在纽约，没有人不知道川普先生！

台湾首富郭台铭说："格局决定布局，布局决定结局。"也就是说，一个人的心有多大，才能做多大的事。只有先有大的心，我们才会为目标做更好的准备，才能充分发挥我们的能力，取得更高的成就。

软件银行集团公司的创始人孙正义堪称全日本最富有甚至全亚洲最富有的人，在起初只有两个员工的时候，就豪言要成为世界首富。当他成功的时候记者问他："你觉得成功最重要的是什么？"他只说了这么一句话：起初所拥有的只是梦想和毫无根据的自信而已，但一切就从这里开始。

放大格局来看，当我们给自己定的目标够大时，我们才能为了这个目标去付出不曾付出的努力，学习更多的新知识，接触更多的新领域，不断扩展我们的视野。就算最后没有达到这个目标，我们也在这个过程中，让自己变得更优秀了，这对我们未来的发展也是有很大帮助的。

博恩·崔西说："你的渴望是你能力唯一真正的限制。"只有我们想要的更多，给自己定的目标更大，让自己的"局"更大，我们才能突破自身的限制，开发自身潜能，让自己变得更强大，才能有希望迎接更大的成功。

于丹曾说过："成长问题关键在于自己给自己建立生命格局。"足够大的格局才能让我们获得成长，而这些成长也恰好是我们获得更大成就的前提。

2. 弱者才用"宿命"当借口安慰自己

总是有很多人在达不到自己想要的目标时，便把一切"罪过"都丢给"宿命"。这种用"宿命"论来当借口安慰自己的人，往往只能成为弱者。

郑念大学毕业后，到了一家不错的企业上班。但他的态度却一直让上司不太满意，上司时常找他谈话。

有一次，上司让他跟进一个客户，之前别的同事已经谈得差不多了，现在只是让他负责和客户聊聊天，找时间一起吃个饭。他认为，生意都快谈成了，这些事情是可有可无的，便没太在意。

结果，客户感觉被冷落了，就放弃了这次合作。上司又把郑念叫到了办公室，让他以后对待工作认真点。他悻悻地不以为然，觉得自己什么都没做，对方就不合作了，这笔生意肯定是注定不会成功的。

对待工作，他依然得过且过。每次出现什么问题了，都觉得是命中注定的。

最后，本来对他还抱有期望的上级，失望地辞退了他。

有些人，当自己成功时，觉得是因为自己的能力突出和努力奋斗，而一旦遭受了失意、挫折和不堪，就觉得这都是“命中注定”。这些人往往认为自己前进道路上的不幸都是由外界造成的，而且面对不幸和困难，不是逃避就是破罐子破摔。他们将所有不如意都归结为“天命”，嘴里最常说的就是“认命”。真的存在“天命”吗？如果存在天命，反正一切都命中注定，那是不是我们所做的一切都是徒劳的？

东汉王充在《论衡·命禄》篇中说道：“勉力勤事以致富，砥才明操以取贵，废时失务，欲望富贵，不可得也。虽云有命，当须索之。如信命不求，谓当自至，可不假而自得，不作而自成，不行而自至？”意思是说，即使有命，也应当努力，而且必须去抓住自己的命。如果只相信命而不去努力，不可能得到自己想要的东西。

而且，如果真有天命，它更多想告诉我们的是，只有通过自己的努力，我们才能掌握自己的未来，得到自己想要的命运。我们总习惯相信宿命，觉得用“宿命”来解释能让我们获得更大的安慰，而不愿意相信这是我们本身的问题。

这样的想法会让我们在思考问题时受到局限，无法发现自己失败的真正原因，从而让我们盲目乐观，甚至放弃自己没有渡过的难关，这样会让我们错失很多可能取得更高成就的机会。

一旦我们将自己的失败都归结于“宿命”，就会逐渐被这种消极的思想传染，遇到什么事都不相信自己，把希望都寄托于命运，最后在失败中归于平庸，最后还说是命该如此。

大象是世界上最强壮的动物之一，但人们还是很容易驯服他们：在大象小时候，人们用金属圈套住它的腿，把它用链子拴到附近的大树上。小象会一次又一次地试图挣脱，但尽管它做出了巨大的努力，还是不能成功。几天挣扎并且伤了自己之后，它意识到它的努力是徒劳的，最后就放弃了。从那时起，长成大象的小象再也不会试图挣脱，即使别人换用了一条小绳和木桩。

就算原本是一个强者，如果相信了宿命，失去了掌握命运的信心，那他视野也会受限，必定成不了一番大事。

陈若的爷爷在年轻的时候做生意失败，无奈选择了回家种地，爸爸在年轻的时候学做生意，也差点血本无归。

陈若高中毕业后，就出去闯荡。几年之后，他回到了家里，打算找人合伙创业。可是，身边的人都劝他，说什么“别试了，你爷爷和爸爸的教训还不够吗?” “你们家没有做买卖的命”……

一圈找下来，没有人愿意和他合伙。他十分失落。但他没有放弃，他又在之前打工的地方找合伙人。最后，终于让他凑够了人，他的创业计划慢慢开始了。

虽然刚开始并不顺利，几个合伙人差点撤资，但陈若却从未想过放弃，总是鼓励一起创业的几个人。

后来，熬过那段最艰难的日子，他们的公司也慢慢做得有模有样了。

英国心理学家汉斯·艾森克关于人们对命运的看法有过这样一个结论：人只会变成自己在潜意识里面认同的“应该成为”的那个人。也就是说，将责任推给“宿命”的人，会越来越相信宿命，慢慢被“宿命论”操纵，而那些不相信命运的人，才能操纵命运。

一个能够成大事的人或者想要成大事的人，一定不会是一个将成败归结于“宿命”的人。只有将自己的努力置于命运之上，认为是自己在操纵着命运，才能够跳出自己的思维限制，开拓自己的视野，让自己发现更多更好的机会。

3. 拥有胆识比拥有才能更重要

有时候，我们会发现，有些人虽然很有才能，也具备很好的条件，但他们依然郁郁不得志，总是被大材小用，甚至没人重视他们的能力。这些人往往就是受了格局的限制。

李全在一家房地产公司工作，做事一向“小心翼翼”。

有一次，经理交给他一个项目，让他写一个策划方案，然后在公司的大会上说给领导听，也是想给他一个表现的机会。可是，一想到要当着全公司人的面讲话，他就胆怯。最后，他虽然把方案做出来了，却让同事替他去讲了，自己请了病假。

结果，领导觉得那个同事方案讲得很好，当场就给对方升了职。李全对此十分懊恼，很后悔为什么自己没去。

后来，他还是对什么事儿都缩头缩尾，尽管上司一直想帮他，也都没能成功。

工作了近三年，当初跟他一起进公司的几个能力不如他的人都做了经理、主管，而他依旧在原地踏步……

因为胆量不够，因为没准备好，因为不够专业，因为没有信心……人们总是给自己找理由，让自己去逃避一些害怕或者没接触过的事情。无论一个人的才能有多高，都会对某些事情有所畏惧。

这种胆怯首先会影响我们的心态，当我们对一件即将要做的事情感到胆怯时，就会慢慢打消我们做这件事情的积极性，心理防线就会越来越弱。一旦我们遭遇挫折，就很容易崩溃，觉得自己没有能力处理好这件事，从而选择放弃。

其次，这种胆怯的心理会束缚我们看问题的视角。我们会不由自主地把更多注意力放在胆怯上，不能让自己全面地、更多角度地看待问题，从而可能忽略掉问题本身的重点，不但无法解决问题，还会带来更大的困难。

而且，这种心理还会让我们错失很多机会。无论是成就一番事业的机会，还是抓住一生幸福的机会，都可能因为一时的胆怯，在面对机会的时候，没法勇敢地抓住它们。

一个人如果想要抓住机会，获得成功，就必须锻炼自己的胆识，很多时候，拥有胆识比拥有才能更重要。

2007 年，一家由新加坡客商创办经营的外资企业——斯帝尔模具（上海）有限公司，在经营时出现了困境，无奈只好转让给他人。

这个时候，这个烫手山芋没人敢承担风险去接手。当陈仁春、方月燕夫妇了解到这个消息后，经过多方面的调查了解，他们决定出资 4000 多万元收购这家公司，成为中国民营企业收购外资公司第一人。

后来在他们夫妇的经营下，斯帝尔公司一举成为上海市模具行业协会模架标准化推广与应用优秀企业，产品月销售额在国内同行中跻身到了前三的位置。

胆识，指胆量和见识。胆量决定人做事的执行力，而见识决定人做事的合理性。一个人的“胆”，需要有足够的“识”去支撑，只有将“识”和“胆”结合，才是正确的处事方法，否则就是冒失莽撞。

中国有一句俗语“撑死胆大的，饿死胆小的”，就是告诉我们但凡成功者，都是有胆识之人。只有那些敢于用自己的力量去争取胜利的人，才能创造出一片自己的天空。在通往成功的道路上，胆识的作用是不可替代的，有时甚至会起决定性的作用。

因为主帅和士兵们不畏强敌的胆识，才有了官渡、赤壁、淝水三个著名的以少胜多的战役；因为荆轲不畏死亡的胆识，才有了荆轲刺秦的壮举；因为韩信有破釜沉舟的胆识，才有了背水一战的胜利……

有胆识的人往往是行动的巨人。当别人还在驻足观望时，他们已经先一步展开行动；当别人为一时的胆小而后悔的时候，他们已经收获了胜利。

有胆识的人还具有更远大的视野和眼光。因为他们敢为人先，往往能看到不一样的“风景”，会形成更大的自我格局。从而发现别人发现不了的地方，考虑到别人还未曾考虑的层次，总是能领先于别人。

胆识，是每个成功者不可缺少的元素。行动需要胆识，没有胆识的人，面对困难就会畏首畏尾，不敢大胆地去尝试和创新，于是只能成为失败者。成功者面对困难的时候，胆识就是一个助推器，推着他不断前进，克服困难。

所以，无论现在身处什么位置，都要培养自己的自信，让自己不再怯懦，做一个有胆识的人，才能够不断地扩大自己的格局，从而让自己在未来获得更大的成就。

4. 为什么你总是晚上想好千条路，早上起来走原路

对于任何事情，我们可能都会有一些想法和点子。但我们真正能下定决心，将这些想法付诸实践的情况，是少之又少。想太多，做太少，是我们大多数人的通病。

张超大学毕业后，到了一家不错的企业工作。

上司一直挺欣赏他，想提拔他做主管。可是，公司有硬性要求，要做主管必须有相关专业的证书。

经理因为这个事情找了张超几次，希望他能利用闲暇时间考个证书，张超每次都答应得好好的。可是，转眼一年过去了，他却还没有开始考证书。每次都是前一天想得好好的，第二天就去报名，然后努力学习，早点考过证书，升职加薪，第二天就又往后推自己的计划。

最后，新来的一个有证书的员工拿下了主管的位置，张超暗暗后悔起来……

就如马云所说“晚上想了千条路，早上起来走原路”。很多人总是在脑海里想得天花乱坠，比如今天想着去健身房锻炼身体，明天想着去创业发家致富，后天还打算去学习舞蹈展示个人魅力。但最终也只是停留在脑海里，永远不愿付出行动，甚至连着手准备对他们来说都是举步维艰。

这样的人，或许有时想法是正确的，可行的。但是，他们也只是白白浪费自己富有建设性的点子。甚至在想法得到别人认可后，会开始麻痹自己，以为想了跟做了是一个效果，就会一直在原地踏步，无法取得进步。有时，在面对问题却不得其法时，错误的想法会更加让他们陷入迷茫、慌乱，还妄想靠凭空想象来解决问题。

没有行动的思想就如同沙漠里的海市蜃楼，远望时虽然很美很诱人。但却经不起任何的风吹雨打，只要外界稍微有一丁点儿动荡，立马就会自我否定。一旦事情没有完全按照预想发展，便立即放弃。

而且，当我们花大量的时间思考、犹豫、彷徨的时候，不仅会严重浪费我们的时间，还有可能会让我们错过想法的最佳实施时机，就算以后我们开始行动了，也在一定程度上加大了成功的难度。

这种做法，归根究底就是因为格局太小，没有说做就做的胆识和魄力，白白浪费资源，错失发展的机会。

因此，很多时候想得再多也没用，不如认准了就行动。不要前怕狼后怕虎，及时行动起来，这样才可能有所收获。

王莉在一家酒店上班，虽然工作有一些年头了，但却因为英文水平不过关，一直得不到升职的机会。

有一次，在处理一个外国客人的问题时，因为英语不过关，先是被外国客人批评她们酒店水平低，之后又因为这事被经理批评。

当天晚上，王莉就下定决心要开始学习英语，她把自己的空闲时间全部列了出来。第二天就去咨询周围的英语班，选择了最方便的一个地方，每天下班后就开始学习英语……

一个月过后，她的英语水平让同事们大吃一惊。后来，她的英语水平突飞猛进，经理也把她升了一级。

成功始于想法。但是，如果只有想法，却不付出行动，是不可能成功的。一个人成败与否，关键在于他的思想与行为是否一致。思想决定行为，行为决定结果。光有想法，没有实际的行动，那就是好高骛远的表现。

俗话说："不积跬步，无以至千里；不积小流，无以成江海。"所有的大计划都是由小计划组成的，当我们心中有想法时，就快速行动起来，只有这样才能让我们更快地完成更多的小计划，才可能最终完成自己的大计划。

而且，通过加强我们的行动力，能够培养我们的魄力，让我们不惧怕失败，不会一遇到失败就开始质疑自己的想法，原地打转。而是会一直为自己正确的想法努力，尽管失败，也会一直坚持，不会错过任何一个机会。

没有什么是不可能的，所以尽管去做吧。不要在原地单凭想象来决定一件事情的结果，只要我们行动起来，勇于去实践，就能知道自己的想法到底可不可行，不仅省下了时间，还能给我们的发展指明道路。

一个人的魄力越大，他的格局就会越大。那些懂得知行合一的人，会将想法不断付诸实践。这样才能越来越接近自己的目标，越来越接近自己的追求，才能让自己有更大的成就。

5. 敢于挑战不可能，完成无法完成的任务

人只有不断地挑战自己，去做那些看似不可能的事情，完成那些无法完成的任务，才有可能获得意料之外的收获。

在美国，一位年近 70 的老太太认为自己这个年纪算是到了人生的尽头，于是便开始料理后事；而另一位年纪差不多的觉得自己还能量满满，打算去做自己以前没时间做的事情。

于是，她在 70 岁高龄之际去了一家很有名的登山运动俱乐部报名，准备参加培训。她坚持说服了俱乐部经理人，使她成为整个俱乐部里年纪最大的一位会员。

随后的 25 年里她一直冒险攀登高山，其中几座还是世界上闻名的高峰。在 95 岁高龄时，她登上了日本的富士山，打破了攀登此山的最高年龄纪录。

她就是著名的胡达·克鲁斯老太太。

有些人在遇到困难、挫折的时候，感觉自己没有足够的自信去应对，就选择放弃，或者干脆不去接触那些看起来不可能的事情。这样做，从表面上看好像我们做出了明智之举，其实不然。

如果以长远的眼光来看，一遇到难题就选择放弃或者绕过，我们就会把那些能给我们形成挑战的事情都过滤掉，长此以往，会让我们丧失很多磨炼自己的机会，我们的能力因为得不到历练，也会止步不前。

另一方面，这样做，会让我们错失很多发现自身问题的机会。因为，在面对难题时，即使是那些我们无法解决的难题，我们也会在试图解决它的过程中，暴露出很多自身能力的不足之处。

所以，无论面对怎样的难题，我们都应该时刻保持一颗敢于挑战的心。

梅尔龙是一位美国人，19 岁那年，因为战争伤到了腿部。经过治疗，被医生确定为残疾人，无法站起来行走，在轮椅上已经度过了十二年。

有一天，他从酒馆出来，照常坐轮椅回家，碰上三个劫匪，想要抢他的钱。他拼命抵抗并放声大喊，一下触怒了劫匪。劫匪们便准备放火烧他的轮椅，当轮椅着火时，梅尔龙忘记了自己是残疾人，他拼命逃走，竟然一口气跑完了一条街……

事后，梅尔龙说："如果当时我不逃走，就必然被火烧到，很可能会受伤或者死亡。所以，我忘了一切，一跃而起，拼命逃跑，直到停下脚步，才发觉自己能够走动。"

自那以后，梅尔龙再也不用轮椅了，而是和常人一样走动。

人们在挑战某些难度较高的事时，会更加专注，只盯着自己的目标前进。这种做法会让他们在这件事情上付出从未付出过的努力，那么他们就可能得到从未收获过的“惊喜”。

以大局观的眼光来看，当我们尝试更多别人未曾尝试过的挑战时，其实我们也在接触更多的成功机会。那些取得惊人成就的人，他们往往就是抓住了那些看似不可能的事情，并且做成了。

而且，挑战不可能，完成那些貌似无法完成的任务时，我们必然会学习更多我们不曾学习过的新知识，或者掌握我们以前不太熟悉的技能，往往能直接提升我们的能力，对未来大有裨益。

即使问题最终没能得到解决，挑战过这些困难之后，我们的自信心也会因为这次的勇敢面对而有所增加。在以后的发展中，也就不会有什么难题能轻易吓倒我们，这样一来，我们处理事情的魄力也就会更强一些。

一些情况下，我们的勇于挑战还能激发我们体内的潜能。

潜能是每个人都有的，是人们身上未被开发利用的能力。柏拉图曾指出：人类具有天生的智慧，人类可以掌握的知识也是无限大的。据研究，90% ~95% 的人类潜能都没有得到充分利用和开发。

安东尼·罗宾指出，人在绝境或遇险的时候，往往会发挥出不寻常的能力。人没有退路或认定必须要做某件事时，就会产生一股“爆发力”，这种爆发力即潜能。

当一个人下定决心去完成某些看似不可能完成的事情时，也就处于自身潜能最易被激发出来的时候，一个能够开发潜能为自己利用的人，往往可以成为任何他想要成为的人士，得到任何他想要得到的东西。

因此，一个人若是想要成功，就要不断加强自己的魄力，让自己以大格局的思维去思考问题。增强自信，做一个勇于挑战的人，才能让自己不断进步，取得更大的成功。

6. 你缺的不是机会，是野心

生活或者工作中，我们总喜欢将自己的不成功归结于机会的缺失。然而，真的是这样吗？

1998 年，位列法国 50 大富豪之列的传媒大亨巴拉昂在法国去世。临终前，他留下遗嘱，将遗产中的 100 万法郎作为奖赏，奖给那些揭开贫穷之谜的人。

这份遗嘱刊出后，《科西嘉人报》收到了大量的信件，有人说这是报纸为提高发行量在进行炒作。也有很多人寄来了自己的答案，这些信件中，有人认为穷人最缺少的就是金钱，有人认为穷人最缺少帮助与关爱，有人认为穷人最缺少的是智慧，也有人认为穷人最缺少的是机会……

在巴拉昂逝世一周年纪念日，他的律师和代理人在公证部门的监督下，打开了银行内的私人保险箱，公开了他致富的秘诀：穷人最缺少的是野心。

“野心”在多数情况下是个贬义词，如果你说一个人有雄心，他会很高兴，觉得你在夸他有抱负。如果你形容一个人有野心，那他可能会觉得你在说他占有欲强、不安本分，他会很不高兴。

但一个人如果没有野心，只是追求安逸闲适的生活，满足于有饭吃、有床睡、有衣穿，保障自己最基本的物质生活，那这个人就不会为自己的未来发展做更多的准备，思想就会停滞不前。这样的人，不会有大的成长，也注定不会有大作为。

没有野心的人大多思想狭隘，没有创新思维，不会对问题或者自己的人生有建设性的想法。遇到任何事情都会抱着得过且过的心态，做事不敢尝试新的方法，观念守旧，畏首畏尾，很难变得更优秀。

从人生大局来看，我们每个人都会有面对成功的机会，可是那些没有野心的人，会专注于眼前的事情，看不到更久远的未来，对自己的人生规划格局太小。这种人的自信心一般都很薄弱，不堪一击，做事没有魄力，不够果断，会经常看不到甚至看到了也不敢抓住成功的机会。

有时候，成功的人比我们多的并不是机会，而是野心。

吴士宏刚开始工作时，在一家大公司里，是最底层的员工，每天的工作就是端茶倒水，复印文件。

有一次，她外出工作，因为没带工作证，被公司的门卫拦在门外。她告诉门卫，自己是公司的员工，可门卫仍然对她不屑一顾，不准她入内。

这期间，她看到那些年龄相仿、身着职业装的白领们根本没有出示工作证，就进入了公司的大门。

于是她问门卫："这些人没有出示工作证，怎么也都进去了?"门卫用一种鄙视的目光上上下下打量了她一番，冷冷地一摆手，没有理她。

她感到了莫大的羞辱。就在这时，一个野心在她心底产生：我一定要创造奇迹，成为举世闻名的强人！让这种耻辱永远埋藏地下！

从此以后，她开始利用一切机会来充实自己。几乎每一天，她都是第一个来公司，最后一个离开。很快，她就脱颖而出了。在同一批聘用者中，她第一个升为业务代表。

接着她又依靠超人的努力，成为这家跨国公司中国区总经理！她学历并不高，只有专科文凭，在中国的经理中被尊为"打工皇后"。

后来，她又任微软公司中国公司的总经理。

纵观历史成功之人，大多数都是在成功之前就怀着某种野心的人。正因为他们有野心，才敢于拼搏，敢于奋斗，敢于想别人不敢想的事情，做别人不敢做的事情。从而，才取得了别人不能企及的成功：

拿破仑在军事院校就读时曾立誓要做一名卓越的统帅并吞并整个欧洲；

成吉思汗早年就扬言，大地是他的牧场，有雄鹰的地方就有他的铁骑；

……

有人说：心有多大，舞台就有多大。一个人心里想的是几十只羊，或者百十只羊，那么，他最多也就只能是个牧羊人，就算给他几千几万只羊，他也不敢去放。那又怎么可能拥有自己的牧场，成为牧场主？

美国《时代》杂志加拿大版刊文曾提到，美国加利福尼亚大学的心理学家迪安·斯曼特研究发现，“野心”是人类行为的推动力，人类通过拥有“野心”，攫取更多的资源。

一个想要成功的人，往往都需要野心。只有拥有时刻奋进的想法，在思考问题时，才能考虑得更全面，更长远，从而形成人生的大的格局观。这样对待每一件事情，才能从中发现更多成就大事业的机会。

而且，野心可以让我们增加自己的自信心，让我们在遇到问题时更有魄力，敢于抓住每一个看起来不可思议但可能成就大事业的机会，也只有这样，我们才有可能通过这个机会取得更大的成就。

7. 打破常规，别让因循守旧害了你

或者是为了稳妥起见，或者是为了简单易行，我们在做事的时候，都倾向于用惯有的经验或者思维。

有一个很简单的问题，曾经难倒了许多人：

一位公安局长和一位老人正在路边谈话，这时，一个小孩跑过来，慌慌张张地和公安局长说道：“你爸爸和我爸爸吵起来了！”旁边的老人问局长：“这孩子是你什么人？”

“是我儿子。”局长回答道。

那么请问，这两个吵架的人和局长是什么关系？

有人曾经做过调查，在一百名被调查的对象中，只有两个人答对了这个问题。正确答案是：这两个吵架的人分别是局长的丈夫和爸爸。这个问题其实并不难，只是我们大多数人在思考这个问题时，会被自己的既有认知所迷惑。

我们总是习惯先从通常的情况来分析问题，会不自觉地以为局长就是个男人，这才导致分不清人物关系，使得答案变得扑朔迷离。

一些既定的观念，在我们脑子里扎根以后，我们在思考问题时，就会像对待开头那个问题一样，会不自觉地运用自己的惯性思维来思考问题，从而和大多数人一样，因循守旧，没有创新。

科学家做过这样一个有趣的实验：把跳蚤放在桌子上，一拍桌子，跳蚤立即跳起，跳起的高度超过其身高的一百倍以上。接着，在跳蚤头上罩一个玻璃罩，再让它跳，跳蚤碰到玻璃罩弹了回来。如此连续多次以后，跳蚤每次跳跃就都保持在罩顶以下的高度。然后再逐渐降低玻璃罩的高度，跳蚤总是在碰壁后跳得低一点。最后，当玻璃接近桌面时，跳蚤已无法再跳。科学家移开玻璃罩，再拍桌子，跳蚤还是不跳。

科学家把这种现象称为“自我设限”。每次不同的设定都让跳蚤觉得这就是它的极限，跳蚤会认同这种设定，并且以后再想跳的时候，就按照这种限定来跳。这就和一些墨守成规的人一样，会让之前的经验或者结果给自己设下限定，不敢做突破性的尝试，没法让自己的能力得到提升，很容易就会遇到发展的瓶颈。

这种思想和行为，会让我们的眼界变得狭窄，格局也无法扩大，做事总是顾虑重重，不能放开手脚去谋求发展，很难得到自我提升和成功。

公元前333年，亚历山大率领大军抵达了戈尔迪乌姆，并在这里建立了冬季营地。

有一次，亚历山大听到关于“戈尔迪之结”的传说：这个绳结是希腊神话中弗利基亚国王戈尔迪亲自缠绕的，谁能解开，谁就可以成为亚细亚之王。虽然有无数的人尝试过，但因它的结构非常复杂，还没有人可以成功地解开它。

亚历山大对此十分感兴趣，他让人带他到了“戈尔迪之结”，想要来亲自解开它。可他尝试了半天，一点头绪都没有。

亚历山大想了想，为什么非得“解开”这个绳结？难道不能“斩断”它吗？他从腰间抽出利剑，一剑将绳结砍成了两段。

从此以后，亚历山大几乎战无不胜，后来他果然称霸亚细亚，被人称为亚历山大大帝。

中国商朝的始祖汤，爱臣民，施行仁政，就连孔子都称他是明君，并对他歌功颂德。商汤曾在他使用的盘子上面刻着“苟日新，日日新，又日新”的字句，这句话告诉我们，人应该保持崭新的心态去观察每一件事情，处理每一件事情。

阿里巴巴创始人马云曾经说过：“我们是平凡人，可是得干不平凡的事。”一个人要想成功，就必须学会打破陈规，以新的思想去对待每一件事情，以别人都未曾想到的方法去做每一件事情，这样才能让我们获得别人达不到的成功。

当我们遇到问题时，不要“迷信”经验。经验一般都具有时效性，比如很多人的成功之道，他们的方法可能在他们的时代能用，放在现在不见得行得通。所以，固执地套用以前的经验反而会增加行事风险。现实中，失败的人往往都是那些不考虑实际情况便生搬硬套的人。

不要被已有的见识所束缚，要有胆子跳出既有的设定，去从不同的方向思考问题，敢有“另类”的想法，还要勇于去实践。当有了创新的思维，很多事情往往会迎刃而解。这个时候，我们不要被所谓的“另类”吓到，要有足够的自信去实践我们的想法。

大多数成功人士正是从“九死一生”中走出来的。打破陈规，往往需要我们有一种置之死地而后生的冒险精神，只有拥有这种冒险的胆识和气魄，才能让我们的格局不断变大，从而取得更大的成就。

第七章

从人脉上突破，整合资源开阔视野格局

NIDE
GEJU JUEDING NIDE
CENGCI

1. 你能走多远，取决于谁和你同行

无论生活还是工作中，一个人很难取得大的成就。因此，在前进的道路上，我们往往都要选择与人同行。而和什么样的人同行，往往能决定我们到底可以走多远。

李乐和钱凯是从同一所大学毕业的，毕业后，两人也同时到了同一家公司上班。

刚开始的时候，由于工作出色，领导非常看好他们两个人，计划着怎么把他们培养成公司的骨干……

可是，自从钱凯和部门新来的几个偷奸耍滑的实习生混在一起后，业绩很快就一落千丈。而李乐却恰恰相反，他经常和部门的一些老同事一起学习，进步很快。

后来，李乐被提拔为了经理，而钱凯因为懈怠工作，最终被公司开除了。

我们中国有句古话："近朱者赤，近墨者黑。"美国人也有句谚语："和傻瓜生活，整天吃吃喝喝；和智者生活，时时勤于思考。"这两句话其实就是说：我们会受身边人潜移默化地影响，甚至学习他们的行为和习惯。

人是一种圈子动物，每个人都有自己的人际圈子。在沟通交流愈加便捷的今天，只有不断地扩大自己的圈子，才有可能走得更远。可是，如果我们选择让一些格局小的人进入我们的圈子，我们的发展往往会因此遭到阻碍。

人很容易养成一些不好的行为或者习惯，而格局小的人，往往自身的认知或者行为习惯就存在很多缺陷。与他们相处久了，我们自身的优秀品质很可能就会被替代，慢慢变得和对方一样，失去了自身的优势，在以后的发展中就会举步维艰。

比如，经常与酗酒、赌博的人一起，我们很容易变得没有上进心；经常与偷奸耍滑的人为伴，自己也不会脚踏实地；经常与牢骚满腹的人对话，自己也会开始整天抱怨；经常与唯利是图的人交往，也会逐渐形成见利忘义、金钱至上的价值观。

因此，选择怎样的人和我们同行，往往就决定了我们将会变成什么样的人。

刚进公司的时候，李翼跟几个一同进去的新人走得挺近，这几个人经常一下班就出去打游戏、喝酒。没过多久，李翼就架不住他们的“盛情”邀请，加入了他们的队伍。

从那以后，李翼经常上班迟到，请假。因为本来就业务能力不强，还不认真对待工作，每个月拿不到什么业绩，经常被领导批评。

有一次，领导当着许多员工的面跟李翼说：“你要是再做不出来什么成绩，就准备辞职吧！”这才让李翼意识到了事情的严重性。

从那以后，李翼为了能拿到业绩，经常跟着部门有经验的几个老同事一起上下班。时间久了，那几个新员工便疏远了他。而他在季末的业绩统计时，也有了显著的进步。

一年过后，那几个一起进来的同事有的被辞退了，有的还是在原岗位上，李翼却已经升为了主管。

马云说：要么我成为第一，要么我与第一合作。比尔·盖茨说：我的成功是因为有更多成功的人在和我一起工作。往往，我们选择什么样的朋友，就可能预示着什么样的未来。假如自己希望能有更好的发展，尽量挑选优秀之人与自己同行吧。

曾国藩曾写信嘱咐儿子，在选人和自己同行时一定要注意“须择志趣远大者。”这句话，亦是他的座右铭。他还在格言十二首中，告诉大家哪些人能与之同行：

一交胜己者，和那些比自己优秀的人相交；二交德盛者，和那些品德好的人相交；三交趣味者，和那些有趣的人相交；四交每事吃亏者，和肯吃亏的人相交；五交直言者，和那些勇于说出真相的人相交；六交志趣远大者，和有远大志向的人相交；七“交惠在当厄”者，和那些会雪中送炭的人相交；八要交体谅人者，和会体谅别人的人相交。

只有对方比自己优秀或者有一些自己没有的优势，我们才能在与之前行的时候，从他们身上学习更多的东西，增大我们的格局，获得更大的发展。而且，优秀之人通常也会有更多的资源可以利用，我们选择与他们同行，不仅能积累人脉，还能获得更多供自己发展的资源。

与凤凰同飞，必是俊鸟；与虎狼同行，必是猛兽！你想要获得多大的成功，得看你身边都是哪些人！你能走多远，取决于你和谁同行！

2. 发掘优势互补的人脉资源

很多人都有一个误解：认为和优秀的人在一起会得到更好的发展，所以在发展人脉资源时，就要找周围中最优秀的那个人。然而，现实中，可能我们留心点就会发现，自己结交的朋友往往并不是我们认识人当中最优秀的那个。

其实，这并不是说我们的选择有问题。对于一个人，我们可以评价他有多杰出，多优秀。但是，如果我们是要跟这个人一起发展的话，要想取得进步，就得考虑我们能从他身上学习的东西是不是会对自己帮助最大。

因为在接触一个人时，我们对他的优点的转化并不是能做到百分之百，有些人虽然比我们优秀，但是他的很多能力我们也是具有的，这就像，我们本来有一斤鲜肉，又给了我们两斤鲜肉让我们做菜，量是足够了，但对于我们的帮助却往往不如给一些蔬菜好。

当我们与一个和我们优势相同的人一起时，相当于让我们优势中的“长板”变得更长了。虽然也并无坏处，但是在“木桶理论”中，有这样的说法：一个桶能装多少水，得由它的“最短板”决定，即我们的“最短板”往往决定着我们未来发展的瓶颈。

而且，从大的格局上来看，我们在与别人一起时，就形成了一个团队。团队能做多大，就意味着我们能有多大成就。如果我们选择和与自己优势相同的人一起，因为我们所擅长的领域相同，我们在处理问题时的思路和方法也就会大同小异，遇到难题，往往因为思路不足而无法解决。

所以，最优秀的朋友并不一定能为我们提供最好的发展。我们在选择事业上的伙伴时，尽量选择那些与我们互补，能够对我们帮助更大的。

张超和陈肃一起进的公司，两个人能力不相上下，工作也都十分认真。上司对他俩都十分看好，还特意安排了两个老员工带他们。张超刚开始十分不满，因为分给陈肃的师傅在公司里比他的师傅名声要大，在业务能力这块儿比他师傅厉害一些。

前几个月，陈肃的进步确实明显超过了张超。

可是，随着时间的推移，张超发现，自己师傅的与人沟通能力和遇事应急能力都是自己所欠缺的。因为不太精通，学起来也很有激情，渐渐地，张超的成长速度赶超了陈肃……

和那些与我们有不同优势的人一起，我们能接触到新的领域，能源源不断地接受新的知识，自身的视野也逐渐扩大，激情持续被点燃，能够以饱满的热情去对待每一件事情，不会因为枯燥而觉得自己的前途一片渺茫。

欣赏那些与我们有不同优势的人，也是一种格局的体现。在处理一件事情的时候，我们往往需要多种能力，并不是单一的能力就能解决，只有拥有多样化的能力，我们才能更好更快地处理问题。

不同的思想会碰撞出新的火花。和有不同优势的人在一起时，更能激发我们的创造力，让我们能在与新知识融合时，产生新的想法和认知。形象点来说，与和我们优势互补的人在一起时，我们思想的碰撞达到的效果往往会是 $1+1>2$。

因此，多结交优势互补的人，能让我们从中获得更大的收益，也为我们未来的更好发展奠定下了基础。

那么，哪些人是和我们优势互补的人呢？

首先，我们的弱项，对方却做得很好。这是很明显的一个特点，那些能做好我们做不好的事情的人，他们必然有值得我们学习的技巧或者方法。结交这样的人后，我们能更快进步，面对那些棘手问题时，也能更快地找到解决办法。

其次，兴趣爱好不同的人。有些人可能与我们的兴趣爱好完全不同。比如我们爱运动，喜欢多姿多彩的生活，对方却喜欢宅在家里，喜欢恬静的生活。这种人看似与我们大相径庭，但他们身上或许会有很多值得我们学习的地方。

再次，能力专长不一样的人。我们和对方所擅长的领域不一样，比如，我们的工作是计算机程序开发，对方的工作是管理。我们能从对方身上学习的东西会让我们得到全面的发展，对我们以后的人生会有更好的帮助。

发掘优势互补的人脉资源，能不断拓展我们的视野，并让我们从中获得更多更全面的资源，让我们能够得到较为全面的提升，突破自己，实现人生的新格局。

3. 与对手合作，开启双赢局面

在人生的每个阶段，我们都会有一些对手，为了获得更大的利益，我们总是习惯性地想和对手争个输赢，有时反而弄得两败俱伤。

马东的驾校和李亮的驾校是他们市里最大的两个驾校，营业额不相上下，其他的小驾校都很嫉妒他们。

前不久李亮过来找马东，和他商量合办一个大型的招生计划，预估两家都可以增加不少学员。可是马东却拒绝了李亮，他觉得两家是竞争对手，根本就不可能有合作这回事，依然只是计划着怎么超过对方。

结果，市里其他几家小的驾校，举办了一个联合的大型宣传活动，吸引了不少人去那些小驾校报名，其中几个小驾校更是成绩斐然。

马东和李亮的生意也从那时候起，越来越差。有几家小的驾校趁着那次机会一下做大了，他们两家的龙头地位被抢占了。

在和对手竞争的过程中，很多人都会特别在意自己的立场，觉得对手就是自己的敌人。他们一心想排挤对方，不想让对方获得好的发展，为了达到目的，有时甚至昏了头脑，不择手段地想要把对手搞到垮台才罢休。

我们的对手往往也是和我们实力相当的人，如果我们抱着这样的想法去对待对手，他们也自然会选择“血拼到底”。这样的话，就算我们最后取得了胜利，也会“伤筋动骨”，更给了别人打压我们的机会。

而且，一旦和对手开战，就是和对方结上了梁子，对手可能会动用一切力量来跟我们对峙。这时就分成了两个阵营，互相都会损失很多资源。就算我们后来不想继续争了，对手也很可能不罢休。

所以，我们要明白，如果还是以这种对手就是敌人的老思想来对待问题，我们只会给自己的发展设限，难以取得大成就。

二十一世纪末，苹果电脑公司曾经遭遇了一场巨大危机。

此时，作为竞争对手的微软公司的老板比尔·盖茨却做了一个令世界电脑行业惊讶的举动——他决定向苹果公司注入资金 1.5 亿美元。

很多人都为此表示不解，近年来，微软和苹果一直都是计算机界的佼佼者，他们互相暗暗竞争、斗智斗勇，巴不得将对方击垮。苹果公司就快倒下了，为什么比尔·盖茨还要雪中送炭，而不是趁此时机把苹果淘汰出局？

事实上，比尔·盖茨并不是伟大的“救世主”。他之所以选择和苹果合作，是因为他知道竞争对手是会一直有的，如果能和对手合作，说不定会有更好的发展。后来，盖茨得到了回报：IE 成为了 Mac 上的默认浏览器。

“没有永远的朋友，也没有永远的敌人。”一时是对手、敌人，不代表永远都是对立的，在特殊时期，对手也能变成朋友。若是一直以对待敌人的态度对待对手，为人处世的格局未免就太过狭小了。

一个有格局的人会发现，对手其实是帮助我们树立危机意识的人。因为要和对手竞争，我们的危机意识就会很强烈，会时刻担心对手反超自己，让自己一直处于一种居安思危的环境。这样，我们才能保持清醒，才更可能获得更大的成功。

从另一方面来看，对手更是我们的老师，让我们发现自身问题，激励着我们成长。因为对手与我们的竞争，能让我们知道自己接下来前进的方向，明白自己跟对方的差距在哪里，有哪些地方还不足，从而不断优化自己的能力，让自己变得更优秀。我们也会因为竞争的压力，不断被激励着向前。

所以，放大格局来看，拥有对手其实更能帮助我们成长。而且，若是能够和对手合作，我们将获得更多的发展资源。

与竞争对手合作，可以让我们拥有更公平公正的竞争环境。双方竞争的时候，难免会有人心生邪念，做一些“小勾当”。如果我们能够和对手合作的话，对方对我们的敌意就不会那么深，可能就会选择更健康的竞争方式，这对于我们和对方的发展来说都有很大的益处。

与竞争对手合作，可以把竞争对手限定在自己的地盘上。通过联盟合作，我们能时刻知道对方的想法和做法，可以避免很多风险，双方都能在知己知彼的情况下做出更好的决策。而且，通过交流市场变化，可获得很多我们本来不可能知道的重要市场情报，

打破自己的格局认知，积极与对手合作，从中不断积攒自己的人脉和资源，才能在未来的发展中突破自我发展瓶颈，取得更大的收益。

4. 巧用人脉挂靠，借助名人的影响力

在我们眼里，狐假虎威一直都是贬义词，没有人愿意被别人那样说。可是，有些时候，“狐假虎威”却能帮我们更好地处理一些事情。

工作了几年后，李建经过探索发现了一个商机。

于是，他辞掉了手头的工作，开始创业。找到合伙人后，融资成了最大的问题。因为这个项目的想法比较超前，很多投资人都看不到商机，基本都拒绝了他，直到他遇到了一个投资界鼎鼎有名的前辈，眼光比较独到，才让他收到了第一

笔投资金。

但是，这些钱并不能让他的创业计划完整运行。他又开始了新一轮融资，这次，他每次和别的投资者谈的时候，都会提到给他投资的那个前辈。很多人一听，就觉得既然那个前辈都投了，一定是个赚钱的项目，也都答应了投资……

很快，李建就筹够了自己计划的资金。

在生活中，这样的事情有很多。美国心理学家曾做过一个实验：他给心理系学生讲课时，说要请一位举世闻名的化学家来给大家讲点知识。他请这位化学家上台后，这位化学家对学生们说他发现了一种新的化学物质，并说这种物质具有强烈的气味，但对人体无害。然后，他打开了瓶盖，表示想测试一下大家的嗅觉。过了一会儿，他要求闻到气味的同学举手，不少同学举了手。

其实这只瓶子里装的只不过是蒸馏水，“化学家”是从外校请来的德语教师。这种由于接受名人的暗示所产生的信服和盲从现象被称为“名人效应”。

名人有一定的权威和知名度，在一定的领域有过人之处，被很多人尊敬。他们对社会大众具有一定影响力，自身关系网广布，与他们沾边的事情都会很快受到人们的关注。如果我们认识一些名人，能适当借助他们的影响力或者能力，很多事情可能都会迎刃而解。

好莱坞流行过这样一句话：一个人能否成功，不在于你知道什么，而在于你认识谁。

可能有人会说，我们和名人之间毕竟有差距，这样做是不是有点“小人”之嫌。其实不然，古往今来的成功者，在他们成功之前，大多是先隐藏在某些大人物的背后，借助他们的影响力来为自己增加综合实力。一旦时机成熟，就会另起炉灶。

典型的就有三国时的刘备，在自己还是个草鞋匠的时候，就开始让别人知道，自己是西汉中山靖王刘胜的后代，有皇室的血统。后来，在与其他诸侯开战时，也有了充足的理由，很多人也都以仰慕“皇叔”之名投奔他。

狐假虎威之所以是贬义词，往往是指某些人利用别人的影响力去干坏事。而我们这种“狐假虎威”并不是利用名人去做坏事，只是利用自己的人脉去达成自己的目的，做到资源的整合利用，不仅不会引起别人的反感，反而能让别人看到我们灵活的做事方式以及为人处世的格局。

所以，那些善于利用名人影响力的人，他们的人脉圈会越来越大，资源也会越来越多，处理事情也就越来越得心应手。当然，要想借助名人的影响力，第一步要做的就是建立一个庞大的人际关系网，这样我们才可能结识到更多的名人。比如，在平时的社交场合中，多去主动结识一些可能与名人扯上关系的人，然后再通过你认识的这些人一步步接近他。

认识名人后，接下来需要做的就是巧妙地利用名人的影响力，最常见的就是让别人知道我们和名人的关系。我们在处理事情的时候，如果别人知道名人和我们有关系，就会对我们更加信任，也更愿意提供帮助，我们就能有更大的把握达到自己的目的。

不过那也不是说直接高声嚷嚷我们和某某名人有关系，那样只会让人厌恶。假如我们和名人有直接的关系，我们最好以不经意的方式让对方知道。比如“很高兴认识您，我经常听我朋友某某（名人）提起您！”这时候我们就可以很自然地达到目的了。

如果有可能，多和名人朋友一起在公众场合出现，增加自己的曝光率。这样在以后办事的时候，就算我们不说，他们心里也知道那个名人和我们有关系，心底自然就会有所衡量。

利用名人影响力帮助我们解决问题并不难，我们可以通过这种方法，来不断积累我们的人脉，扩大我们的格局。到时候，我们就能在提升自己的过程中，突破自我，最后也可能成为名人。

5. “你能帮我什么”和“我能提供什么”

人脉关系是我们人际关系中很重要的一种，它往往关系到我们未来的发展。而比起广泛意义上的人际关系，人脉在利益关系方面的比重会更大。

张乐乐在一家计算机公司上班，前几年，因为工作努力，取得了不错的成绩，他也因此认识了公司里很多软件开发方面的高手。

他之前还跟这几个高手一起商量过创业的想法，对方几个也都纷纷表示同意，并且表示能给他再找一些人来。

后来，张乐乐在公司没有之前那么认真了，领导也经常因为他工作完成的水准不高而批评他。他便开始自暴自弃，整天什么也不学，也不管……

最后，新来的人能力都超过了他，他就被公司劝退了。这个时候，他又想起了创业梦。

于是，他便去找之前的那几个高手。结果大家都拒绝了他，有的甚至闭门不见。张乐乐开始感叹“为什么碰到的这些人，都这么势利！”

在出社会之前，大家交际圈里无非就是同学、聊得来的朋友等等。这个时候，大家往往不会把利益看得太重。就算很久不联系，只要有需要帮忙的地方，一个电话、一条短信，能帮上忙的地方，对方基本都会义无反顾地帮忙。

然而，进入社会后，我们会发现自己的朋友圈已经发生了变化。当涉及工作和利益时，人际关系就发生了变化，大家在一起总会有些利益的往来。比如自己的同事，和自己有关的客户等等。

这其实也是一种正常的现象，任何一种生物都有趋利性，人也一样。很多行为都是因利而生，人脉关系其实本质上就是一种互利互惠关系。不过，当我们格局太小时，在建立或者维持人脉的过程中，就容易忽略了这一点。我们只会考虑到自己的利益，只在意别人能给自己带来什么，而没有考虑到我们是否能给别人带去什么价值。

这时，如果对方发现我们对他来说没什么利用价值，就算我们再怎么努力，也很难赢得对方的青睐。若是只考虑到自身利益，还会让我们在维持原有人脉时遭受危机。

若一个人格局不够大，过于在意自身利益，那么在与人交往中，就会付出得很少甚至不付出，但是想要得到更多的利益。这种利益指的是，对方为我们做了很多，而我们却未给对方做任何事情。这样的话，对方很可能会觉得不公平。一旦这种不公平感产生，必定会让彼此的关系失衡。

所以，想要拓展或者维持自己的人脉，我们就得提升自己的格局，不仅要考虑“你能为我做什么”，还得考虑“我能给你提供什么”。

一位年轻的博士生在成功后说了这样一段话：在获得博士学位之前，很少有人主动找我，我懂现在为什么有人主动找我了；一位当红的作家也讲过一个关于他自己的故事：他成名之前，给一个很大的报社投过稿，可是，每次投稿都石沉大海，一年后，他的书大卖，这家报社的创始人竟然亲自来找他约稿。

人脉的基础就是我们的“被利用价值”。以大格局的视野来看，“被利用”其实也是一种自我能力和价值的体现。我们实力越强，对他人越有利，我们在拓展自己人脉时就会越容易，那些我们觉得厉害的、有价值的人脉资源就会源源不断地向我们靠近。

而且，如果我们能一直保持自己的“被利用价值”对别人具有吸引力，那么就能让现有的人脉网更加稳定。若我们能为对方提供帮助，对方也就不会轻易选择放弃和我们的关系。在我们需要帮忙时，对方也就会抱着“我下次可能还得找他帮忙”的想法来帮助我们。

也正因为如此，在我们能力有限时，最高效的拓展人脉的方式是花更多的时间去结交跟我们同层的、距离更近的人。这些人能帮助我们完成绝大多数事情，也是我们最有可能结交成功的人。

对于那些目前我们够不到的人脉，我们可以通过对与自己同级这些人脉的快速积累，来获得更多发展的资源，量变引发质变，从中拓展自我视野，扩大自我格局，提升自我层次，再去结交更高层次的人。

我们还要记着，对于人脉的投入未必会很快兑现效益，不要停止自我能力的提升，要一直努力扩大自己价值。

6. 不要忽视“小人物”

在我们身边总会有一些“小人物”，这些小人物往往看似不起眼，容易让人忽视。若我们因此不把这些人放在眼里，那自然也就失了做人的格局和气度。

清高宗乾隆皇帝八旬寿诞，两淮盐政想要孝敬一份大礼。此时，刚好有一粤人带了一架巨橱上门来卖。这个东西非常神奇，内设机关十分精妙，大家观看后都目瞪口呆。

盐政大人对此非常中意，立刻就要买下它。可即将成交之时，盐政衙门的门丁悄悄将粤人拉到一旁，说自己要从中抽成五千两。粤人认为盐政大人都同意交易了，凭什么给你回扣？于是断然拒绝。

门丁冷冷地对他说："过了明日，此物就一钱不值啦。"粤人不以为然。

结果，第二天，盐政衙门果然退货不买了。粤人四处打听才知道：

原来，门丁对他的主人说："此物虽巧，但全由机关控制。倘若进京途中不小心损坏个把部件，进御之时恰巧脱落最末那个疆字，那可就要大祸临头喽！"盐政大人深以为然，于是撤销了交易。

这里的"小人物"是相对于"大人物"而言，是指交际中年龄小、名望小、地位低、没钱没势等相对处于劣势的人。在生活中，这种人一般会被人们不自觉地忽视，觉得他们对自己没什么大的帮助，没必要去和他们交涉，更别说去苦心经营和他们之间的关系。

而且，我们经常会把自己的负面情绪发泄到这些小人物身上。比如，某些领导如果遇到工作上的不顺利，就会对下属大吼大叫；一些能力强的人仗着自己的能力，对别人吆五喝六。这些“小人物”很容易成了一些人的“出气筒”“受气包”。之所以会这样，大多也是因为那些“小人物”此时只能选择忍气吞声。

以大的格局视野来看，“三十年河东，三十年河西”，没有一成不变的人物定位。当我们瞧不起那些“小人物”时，很可能就错过了一个结识成功人士的机会，也就让我们错过了一个可能成功的机会。

对于那些有个性且自尊心强的“小人物”来说，我们对他的漠视、轻蔑、欺负等等都会被他们铭记于心。很可能会在未来的某一天，对我们造成重创，让我们防不胜防。

所以，重视身边每一个“小人物”，也是抓住人脉资源的重要手段。

张尧和李中是一家 IT 公司的人事部员工，年龄、经历相仿，都非常有才华。

张尧为人和善，善于走“群众路线”，对同事们很热心，同事有什么困难了，他都会帮忙，他给这些同事的笑脸比给上司的都多，因此很得人心。

而李忠虽然业绩不凡，但对同事却冷若冰霜，有时甚至很不近人情。

有一次，一位同事的父亲得了急病，同事把老人送到医院，急急忙忙赶到公司上班，迟到了几分钟。李忠不依不饶，扣掉了同事的全勤，并处以相当数量的罚款，大家怨声载道。

长此以往，他们两个的职业生涯也出现了不同结局。在公司内部的一次人事调整中，张尧被提拔为副总经理，而李忠虽说工作也很出色，但他有失“人情味儿”的管理方式不利于笼络人心、留住人才，领导一直没法升他的职。

一位将军说过：“永远不要忽视小人物的作用，有时候历史就是由一些不知名的小人物改变的。”“小人物”的力量有时候甚至能决定大事件的走向。对于那些平常不显山不漏水的“小人物”，我们认真去对待他们，在他们的身上压下一定的“赌注”，很可能给我们带来意想不到的收获。

退一步来说，我们笃定小人物无法成长为有助于我们发展的人，但是，多一个朋友总比多一个敌人强。让“小人物”成为我们的朋友，不仅能帮助我们发展，还能够让我们时刻注意全局动向，以免在做重大决策时漏掉这些“小人物”，从而造成意想不到的后果。

重视“小人物”对我们来说，既是人脉的一种积累，用来拓展我们的资源，让我们能够突破自己，达到更好的成绩，也是对我们的一种历练，能让我们的视野越来越广阔，格局越来越大。

7. 定期拔掉人脉中的杂草

每个人都有自己的交际圈，如果它是个良性的环境，就可能成就你的人生，相反可能会毁掉你的人生。所以，一定要确保自己的人际关系是健康、阳光的。

何展在大学的时候，有一个关系特别好的哥们。

有一次，那个哥们打电话问何展借一万块钱，说是自己租房一时周转不过来，两个月后还。在何展印象里，那哥们是那种欠一块钱都会时刻操心着还的人，就毫不犹豫地将一万块借给了他。

可是，两个月过去了，哥们不仅没还钱，还又找何展借钱，何展又借给他五千。后来，何展家里有事，着急用钱的时候，却再也联系不上那哥们了……

何展这才发现自己被骗了，心情受到了严重打击，差点陷入抑郁。

一个人认识多少人，与他能得到多少帮助往往并没有多大关系。因为我们认识的人中，不可能每个人都是好人，总是存在着各种各样的人：有“金钱至上”的拜金主义者；有小流氓似的花花公子，街头小霸；有喜欢相互暗算和恶性竞争的腹黑人士；还有喜欢欺凌弱小的人……

若是和这些人长期共处，不仅不会对我们的发展有什么帮助，而且很容易对我们未来的发展形成负面影响。比如，自己身边大多是安于现状、得过且过的人，我们就很容易被他们影响，变得浑浑噩噩。

俗话说：“近朱者赤，近墨者黑。”如果我们被朋友圈中的“墨”染黑了，不仅自身的综合能力会下降，而且那些“赤”还可能远离我们，长此以往，我们将很难突破环境对人的禁锢，未来发展也会一步步受限。

我们的人脉圈就好比是一个衣柜，如果里面都是好衣服，那自然可以为我们塑造美好的形象；可要是有不好的衣服，很可能就会毁了我们的形象。因此，在经营自己人脉的过程中，必须注意这个问题，远离圈子里那些不好的人。

有这样一个寓言故事：

有一个父亲发现自己儿子交了一些嗜好不良的朋友，父亲便劝儿子说："你以后不要再跟他们玩了，他们这样肯定会带你去做坏事的！"

儿子信誓旦旦地说："不会的，他们或许是有不好的地方，但我只会从他们身上学习好的东西。"

父亲想了想，起身拿来一个篮子，将两个烂苹果和一个好苹果装了进去，另一个好苹果放在了篮子外。然后对儿子说："我们三天之后再来看看有什么变化。"

三天过后，父亲拉着儿子打开了那个装有苹果的篮子。结果，一阵酸臭味扑面而来，好的苹果变烂了，烂的苹果更烂了，只有外面的苹果还是完好无损。

父亲拍了拍儿子的肩膀，说道："你看，就算是完好无损的好苹果，只要和坏苹果放在一起，也会被坏苹果所感染，我们又怎么能确保自己不会被带坏呢？只有不接触他们才能让自己保持自我！"

有句谚语叫"一颗老鼠屎坏了一锅粥"，我们在清理圈子时，千万不要抱着试试的心态频繁去接触那些不好的人，或者试图去感化、引导那些不好的人。否则，我们很有可能面对的是“竹篮打水一场空”的局面。

好人并不一定一直是好人，好人和坏人待久了往往也会有所变化。所以，我们不要以为认定一个朋友，就能一劳永逸。人脉圈只有定期进行清理，定期进行优化，才能一直保持健康。如果对自己的人脉圈关注太少，就很可能导致人脉的恶化、流失、甚至变质。

将那些不好的人从自己的人脉圈剔除后，我们的人脉圈才能“引进”更多对我们有益的人脉资源。正如管理大师德鲁克所言：“清理你的人脉就像清理你的衣柜一样，只有将不合适的衣服清理出去了，才能将更多的衣服收入柜中。”

我们每个人的精力和时间都是有限的，只有优化了我们的人脉圈，我们花费在健康的人际关系上的精力才会变多，和他们之间的交往才会更深，我们也才能从他们那里获取更多的帮助。

时常关注自己，看自己在朋友的影响下，产生了怎样的变化，是进步了还是退步了，是变得比以前更强大了还是比以前更畏首畏尾了。如果发现自己在倒退或者止步不前，就赶紧看看自己的人脉圈是不是出现了问题。

一个人如果对未来发展有着深远的考虑，定期清理人脉圈必不可少。只有远离那些负能量的人，靠近那些优秀之人，学习优秀者身上的长处，我们才能拓宽自己的人生格局。

第八章

从平台上突破，借助外在环境拓展内在格局

NIDE
CEJU JUEDING NIDE
CENGCI

1. 辞去安乐但僵化的职业

在选择工作上面，有些人总是更倾向于安乐的工作，这其实并没有错。但是，有些安乐的工作往往也附带着僵化的工作模式，这样的工作往往会让我们格局受限，无法得到发展。

张铠毕业后，到了一家待遇不错的公司上班。刚开始，公司的氛围就让他感觉十分舒服，领导和蔼，同事之间也很友爱。

入职时，他接到的任务就只是熟悉公司资料，然后是到部门后，有专门的前辈带他，他基本什么都不用干，前辈也没教他什么东西。

当他培训期过后，他依旧没有活干，部门还是有条不紊地运行着。他问领导有没有任务派给他，领导让他别着急，等熟悉了公司环境再说……

转眼半年过去了，张铠依旧什么任务都没接触过，整天就是做一些简单的报表。

后来，他觉得自己再这样下去就没法实现自己的职业目标了，于是准备跳槽。可是这份工作干久了的他，一点技能都没有，面试屡屡碰壁……

安逸的工作能让人少受很多心理压力和社会压力，但是也因为这样，很多安乐的工作，其工作内容都很单一，对于员工来说，不过是日复一日的重复。这样的工作，就算待遇再好，也会让我们慢慢感到厌倦和枯燥。

从前，有一个地方的人非常奇怪，在他们处死犯人时，会用一种特别的方法：让犯人将一个地方的土堆运到另一个地方，等全部搬运到另一个地方以后，再命令他们重新将土堆搬回原来的地方，如此循环。这样一来，不到两个月，犯人纷纷选择自杀。

人是一种渴望创造价值的生物，让他原地踏步，明天生活在今天的感觉里，时间一久，他们的内心就会开始空虚，慢慢变得麻木，每天只是想着机械性地重复自己的工作，失去了对生活的新鲜感。

而且，长时间没有新的工作内容的接触，也就没有具有挑战性的问题来让我们处理，我们的工作能力和个人其他能力都很难得到提升。失去有挑战性的工作内容，我们的创新能力也就会慢慢消失，这都会让我们在原地停滞不前，没法去取得更大的成就。

所以，面对那些安乐但僵化的工作，不要被自己的格局所限，只看到工作带来的安乐，看不到安乐之后可能给我们带来的职业发展阻碍。

周圆是一名计算机专业的毕业生，干了一年的销售工作，觉得压力太大，就跳槽到一家企业负责数控机床数据监测。

因为这家企业给的待遇也不错，而且工作内容比较简单，每天就是负责记录一些数据的波动情况，周圆便下定决心在这里干下去。

可是，几个月过去后，周园发现自己变得越来越能将就了，公司员工都是得过且过，对什么事情都不上心，他渐渐也变成了那样，丝毫没有斗志了……

于是，意识到危机的他立马辞去了这份工作，重新找了一份关于计算机软件开发的工作。两个月过后，因为表现出色，他被升为了部长，现在的他对这份工作十分满意。

如果发现自己现在所在的企业工作内容单一，不能给我们提供新的挑战与机会，那不如果断辞职去寻找新的平台。一个人的发展平台往往决定着他的未来发展程度，发展平台越能历练自己，所能取得成功才会越大。

只有选择那种能不断给我们挑战的平台，我们才能不断地接收到新的培训，学到新的知识，从而在解决不同问题中，增加我们的认知度，培养我们的综合知识，使我们自身的能力得到提高。

面对安稳却僵化的工作环境，往往越早选择跳槽的人，他的格局就越大。因为他明白自己如果一直干下去迟早也会厌倦这份工作，到时候再重新找工作不仅白白浪费了时间，而且能力的退化也会让自己找工作时遭遇更大的阻碍，早点辞职其实是一种有远见的选择。

当然，我们并不是鼓励大家对工作不满意了就辞职，那有时可能就会单纯地为自己的懒惰和逃避找借口了，反而不利于我们的进步。我们要说的是在面对某些“鸡肋”工作时果断舍弃，这些工作的特点大都是，公司没有给职员清晰的职业发展规划；不会对员工的能力进行培养，觉得能做好本职工作就行；工作内容两三年内都毫无变化，公司也不会要求员工有什么进步等等。

要想在职业生涯的道路上不断前进，我们就得认识到平台的重要性。只有找到能够推动自己进步的平台，我们才能不断提升自己，拓展自己的格局，才能突破自我，实现更大的人生目标。

2. 离开没有前途的老板

通常情况下，都是老板“炒我们鱿鱼”，而有的时候，我们也应该学会主动“炒老板鱿鱼”。

李晶在一家投资公司上班，对于公司的环境和同事们都挺满意的，除了自己的老板。

老板经常会为了自己的利益不择手段，无论是客户还是公司的员工，他都一点都不知道维护，只是想着怎么让自己利益最大化，这样的做法让很多高管都选择了离职。这导致公司的运营紊乱了起来，李晶的工作也繁重了起来。

但是每想到只是老板不好，李晶便打算继续干下去，以为以后情况会有好转。

有一次，一位运营总监提出辞职，结果老板在他的离职手续上百般阻挠，想方设法扣他奖金。本来一天就可以搞定的辞职，拖了一个月还没解决。

最后，为了不浪费时间，运营总监放弃了他该有的提成和奖金，离开了公司。不久之后，业内就传开了这件事，这个老板名声也臭起来，找他们合作的公司也越来越少，公司状况也一天比一天差。

李晶也因此陷入了更加繁忙的工作中，工作与收入严重不成正比……

老板是一个公司的主心骨，他往往代表着公司的文化和精神，一个好的老板对于公司来说就是强大的动力来源。他能为企业不断地提供新鲜的思想，指出正确的前进路线，创造出令员工都感觉舒适的工作环境等等。

但是，并不是每一家公司的老板都是好老板。有一些老板格局太小，做事没有远见，往往会惹得下属怨声载道。这些老板不会建设企业文化，看不到企业未来的发展道路，只注重眼前的利益得失，他们的公司只能越发展越差。

然而，在遇到这样的老板时，或者因为公司待遇好不愿意离开，或者因为怕辞职后再找工作比较困难，甚至有些人还在期待着走下坡路的公司能够“回暖”，很多员工依旧守在公司“不离不弃”。说好听点叫“忠心”，说难听点，这种做法就是目光短浅，没有大格局。

要知道，“上梁不正下梁歪”，老板是一个公司的风向标，如果他做事都没有格局，公司还怎么能够“回暖”，这不过是某些人贪图安逸的借口。而我们这看似安逸的选择，终会在老板将公司折腾得入不敷出的时候，让我们陷入失业的恐慌中，严重的甚至还会损害我们的利益。

从时间成本上来看，跟着这样一个处事格局小的老板，我们很难有系统提升自我能力的渠道，能够在公司获得的成长也不会很大，除此之外，还要整天被一些鸡毛蒜皮的小事所烦扰，长久以往，不仅会白白浪费了我们的时间，还会让我们的格局变小，也只争眼前的利益，会严重阻碍我们的发展。

因此，如果遇到格局狭小的老板，主动离开是最好的选择。

唐敏在一家设计公司上班，因为自己在设计这方面比较有天分，去了不久就被经理提名升为了主管。

升为主管后，唐敏经常需要跟老板沟通工作。

有一次，唐敏做了一份设计蓝图。老板看后说了几点修改的建议，唐敏对老板的建议不是很认可，于是和老板分析了起来，结果老板态度十分强硬，就让依他的想法设计。

后来，把产品给客户看时，客户十分不满意，并指出了其中的“败笔”。恰巧，都是老板提议的那几点。但是，老板好像不知道这事一样，狠狠地批评了唐敏，并且扣除了她一部分工资。

从那之后，这样的事情又发生了几次。唐敏了解到，老板对其他员工也是这样。

月底，唐敏就选择了辞职，去了另一家公司。她走后不久，以前的公司就因为创意不够，缺少客户，濒临倒闭。

新到的这家公司虽然小一点，但是老板很注重员工的创意培养，公司发展得很迅速，唐敏在这儿职业生涯发展也很快。

离开那些没有前途的老板，才能让我们接受更好的职业指导，更完善的职业规划。而且，换老板，就相当于换了发展平台，一个更好的发展平台，能让我们更专心地提升自身能力，也能让我们的能力有用武之地，更好地发挥自身的价值。

当然，要炒老板鱿鱼，我们就得先知道哪些老板应该被炒。

如果我们的老板，只会批评下属，从不欣赏下属的才能，那我们应该果断离开。这样的老板会影响我们的工作热情，减弱我们对自己、对生活的信心，让自己整天因为些小事郁郁寡欢，长远来看，这就妨碍了我们的发展。

如果我们的老板，整天各种找茬，各种找不痛快，好像大家都欠他的一样，我们应该选择离开。这样的老板会让我们整天生活在提心吊胆中，不知道他又要整什么幺蛾子，会严重分散我们的注意力，对我们的自我提升有很大的负面影响。

以大格局的眼光来看，跟错了老板，老板本身没有机会，我们也永远没有机会；即使老板有机会，他不愿意跟我们分享，我们依旧得不到发展。所以，在遇到没有前途的老板时，果断离开，寻找新的平台，在新的平台中，继续拓展自己的格局，突破自己。

3. 主动表现，增加自己的“曝光”机会

在职场中，大多数人可能都会觉得只要自己好好努力，别人自然会发现自己的能力和贡献，从而也能实现自己的价值。

然而，实际情况并不是这样。

吴晗在一家公司工作快三年了，他踏实肯干、性情温和，上司交代的每件工作都完成得很好。可是，从来没获得过升职的机会。

有一次，在公司的周年庆聚餐上，老板挨桌敬酒鼓励员工，来到吴晗这桌时刚好站在他旁边，老板看了看他，问另一位同事："这位看起来好眼熟，是……"

吴晗当时羞愧得想找个地缝钻进去。他很想不通，一般小组里做项目，出谋划策，负责一切琐碎事务的都是他，只是自己不爱出风头，没在上司和老板面前表现过，现在，老板竟然连自己是谁都不知道。而且他们公司并不大，而他已经是做了三年的老员工……

很多人在职场中都会遇到这样的情况，感觉自己的存在感很低。可能自己已经拼尽全力去工作了，累得半死不活，可到最后发现自己在老板和同事眼中如同隐形。

这类人，我们通常把他们叫做"职场隐形人"，他们踏实本分的工作态度其实并无不妥。然而这样的人在职场中很难获得突破性的发展。尤其在当今竞争激烈、信息变化快速的职场中，很难受到领导和同事的认同与重视。

美国著名职场规划专家亚历山德拉·列维特的《让全世界都看到你》一书中，有一封来自一个叫克劳德的人的求助邮件。邮件中写道：

"真是太不可置信了，我没有被提升的原因是我工作太努力了！每天我都在我的工作间里忙得不可开交，每次有人过来和我聊天，我都会因为工作繁忙而匆匆应对几句。我没有到处宣扬自己到底做了多少工作，因为我觉得事情是很明显的。直到有一天，老板提拔了一个干活没有我一半多的同事。我鼓起勇气询问老板——原来我的老板根本不知道我做了什么，他只知道我每天都在自己的一方天地里，完全没有融入团队中。”

我们全力以赴地面对工作，活儿没少干，钱没多拿，但就是不出现在同事和老板的视野内。这样一来，他们就很难了解到我们的实力，不知道我们能够做什么，也不知道我们擅长做什么，所以自然也就没法给我们安排能帮助我们进步的工作。

比如，公司有一个特别有挑战性的项目，如果做好了就很有可能会升职，你对此跃跃欲试，但是因为老板或上司不了解你的能力，在找人接手这个项目时，第一人选不是你，就算你有能力完成，项目也很难落到你的手上。

不喜欢在别人面前表现自己，其实也体现了一个人的格局不够大，视野不够广阔。不敢大方表现自己的人往往对自己的人生没有大的规划，看不到这些行为给自己带来的好处，很难能抓住成功的机会。

张思毕业后进了一家不错的外企，因为自己的英语口语不好，他和上司、同事的交往程度都不是很深。

有一次，部门开会的时候，上司对所有人进行了点评，偏偏漏掉了张思，提都没提。

从那以后，张思便想方设法在领导、上司、同事面前表现自己，还经常用蹩脚的英语跟同事们聊天，在部门或者公司作报告，都不再让同事帮忙，尽管结结巴巴，也要自己来讲……

一段时间过后，大家都夸张思进步很大，领导也加强了对他的关注。半年之后，他就因为刻苦和表现出色被升为部门副主管，上司跟新同事聊天时，还经常拿他做例子，夸奖他勤奋学习的态度。

那些能主动表现的人，能让别人更加了解自己。而且，当我们向对方表现出来的大多是自己的优势的时候，对方会记着我们的优势，而忽略掉一些我们可能存在的缺陷。他们会选择提拔我们或者根据我们自身的特点给我们提供更好的发展空间。

另外，一个人如果能够长期坚持这种善于表现自己的习惯，那么他在别人面前的表现也就会越来越自然，在和别人交谈、沟通时会更加自信。这样的话，其他人才能感受到我们的气场，更加信任我们，交给我们更重要的事。

在职场中，多表现自己，增加自己的曝光度，让自己所在的平台发挥出应有的作用，为未来的发展提供尽可能多的帮助。然后，不断地完成自我成长和格局的拓展，从而取得更大的成功。

4. 周围的环境，不是你低层定位的借口

很多人在人生走入低谷的时候，都会选择自暴自弃，将自己未来的定位定得很低，当有人质疑他们时，他们就会说："我现在这个情况，又能怎么样呢?"

李香毕业后参加了工作，事业的道路不是很顺，她现在在一家很没有前途的公司工作，朋友们都觉得凭她的能力，不至于在这样的公司工作。

可每当朋友让她换工作时，她都会诉说她之前的遭遇：

第一个公司，老板是个严厉的中年人。虽然她对公司的业务一点都不熟悉，老板却还是塞给了她一大堆工作；第二个公司，老板是个海归，作风开明，有亲和力，她在那里工作得很顺利，可慢慢地，不知为什么，这个老板也开始变得挑剔，最后竟为了一个小小的失误，炒了她鱿鱼！

她觉得自己不适合那种大公司，现在只想挣点小钱过日子。可在朋友们的眼里，之所以出现这些情况，都是因为她自己工作不认真。

虽然朋友们经常劝说，让她以后对工作认真负责一些，可她觉得之前的失败都是因为工作环境的问题，不是自己的错。就这样，带着消极的工作习惯，继续一份一份地换工作，朋友们都当上经理了，她还在到处碰壁……

在生活中，有些人将自己的失败、挫折、不幸归咎于环

境，认为自己倒霉，都是因为自己生存环境差、个人起点低等等。然后，为了避免再遭受这样的打击，便降低自己的人生定位，不再去为原定目标努力。这种选择是非常短视的，很可能让自己错过很多成长的机会。

以大格局的视野来看，这种做法还会让我们的人生定位发生错乱。一个人摸不清自己的真正实力时，处理事情的时候往往就会不够自信。这会严重影响一个人看待事情的眼光，会使我们的人生格局不断变小。

而且，一旦养成了消极被动的态度和习惯，就很容易不思进取、目光狭窄、迷失自己、丢掉目标，慢慢地，丧失活力与创造力。最终将走向好逸恶劳、一事无成的深渊。

所以，无论面对的是怎样的环境，都不要选择用消极的态度应对，盲目地降低自己的人生定位，只会让自己的人生走向衰败。

李乐和陈敬在同一家师范院校上学，毕业后，李乐被分配到某所山村小学当老师，陈敬则被分到了某个城市小学。

陈敬到了城里后，与领导同事相处得很不错，工作轻松、工资优渥，他觉得这样过一辈子也挺好。于是他便不再钻研教学方法，不再认真备课。一段时间后，学校引进竞争机制，陈敬便被开除了。

而李乐被分配到农村后，不仅没有抱怨自己的命不好，没有抱怨山里生活条件差，而且依然拥有满腹的雄心壮志，整天想着怎么教好学生，怎么讲课才能生动……

有一次，教育局局长突然来听课，相比其他老师，他的课堂更加有吸引力。之后不久，他就被升为了副校长。

什么样的环境算是好环境？什么样的环境又算不好的环境？可能从眼前的利益分配来看，我们能很容易地给出自己的标准，可那就是一种小格局的见解了。因为如果以大格局的角度来思考问题，环境给我们造成的影响是一时的，好的环境对于我们来说也可能是一种麻痹，不好的环境也可能是一种磨炼。

如果能更长远地看待问题，无论什么样的环境，都可以变为我们成长的阶梯。当然，前提是我们要淡然面对自己所处的环境，以积极的态度去对待，想办法从中获取更多的经验，扩大自己看问题的视野。

不要把环境当成自己逃避问题的借口，那样格局未免太狭小，难以成就大事。以大格局看待问题，不被外界环境和遭遇所影响，积极利用自己身处的环境，让自己的能力得到提升，我们才有可能获得更大的进步。

5. 不打破“舒适圈”，它只会越来越小

很多人一旦跨入一个相对舒适的圈子，就再也不愿意跨出来。而长时间待在“舒适圈”里，只会让自己的舒适圈越来越小。

李全在毕业后，找的基本都是服务行业的工作。像服务员、销售员等等。

几年过去了，他已经适应了这种工作模式和环境，也习惯

了这种工作里的各种各样的人。

每天的生活，就是上班下班两点一线，不用太操心什么，每个月拿着不会饿死但也没有剩余的工资。虽然自己也很不喜欢这样的生活，可是他并不想离开这样的环境，他害怕陌生环境带来的一些无法预知的东西。

于是，他便一直过着这样的日子。

后来，因为老板亏损，他被迫辞职。一下进入失业状态的他，只有开始新的找工作之路，前后投了很多份简历，也面试了很多份工作，却屡屡被拒……

这时，他才突然发现离开了熟悉的环境后，他连养活自己都做不到了。

我们所有人都生活在无形的圈子里，有的圈子里有熟悉的环境、熟悉的人、熟悉的事。在这样的环境中，我们通常会感到轻松、自在。我们将这样的圈子称为“舒适圈”，每个人身边都有无数个舒适圈，而且都不尽相同。

比如，当我们躺在被窝，我们觉得舒服，而在被窝外我们就没有那么舒服，那从被窝到被窝外的世界就是自己的一个舒适圈；不吃东西会饿，但是吃得过饱就会撑得难受了，那从吃东西到吃到撑就是自己的舒适圈；做一项工作，15 分钟不玩一次就觉得浑身都不舒服，那么这 15 分钟就是自己的舒适圈范围。

虽然，如果单以眼前的事情来看，舒适圈确实能让我们过得更好，也能让我们避免接触很多自己无法掌控的事情，将失控感和挫败感降到最低，但是，在这样的环境里待久了之后，我们的生活就会变得一团糟，所谓的舒适圈也会越来越小。

如果我们在舒适圈里待得太久，技能和个人能力就会变得单一。当我们的能力下降后，我们的舒适圈自然就会开始缩小，很多以前我们能够进入的舒适圈都会把我们“屏蔽”在外。

而且，长时间待在这样的圈子里，还会让我们的视野变得狭窄，只看到圈子里的人和事，忽略了外部环境的变化。因为接触的事情我们都知道如何处理，每天按部就班就行，心中不会计划着以后，目光也随之会越来越短浅。

所以，永远待在舒适圈里不走出来的人，他的生活就算不是失败的，也只能是平庸的。别让圈子限制了自己的格局，学着打破自己的舒适圈。

有一位很优秀的教授，有一年，他带了八个研究生，在这些研究生即将毕业之际，教授和他们一起吃饭告别。临别赠言的时候，教授在一张大白纸上用笔画了一个圈，在圆圈中间站着一个人。接着，他在圆圈的里面加上了另一些人、一座小房子、一辆小汽车。

教授说：“这就好比一个人的舒适圈。这圈里面的房子、车子、朋友等等都是你熟悉的。在这里生活你们会觉得自在、安全，远离危险或争端。现在，谁能告诉我，当你跨出这个圈子后，会发生什么？”

开始鸦雀无声，一位发言积极的同学打破沉默：“会害怕。”另一位认为：“会出错。”这时教授微笑着说：“你们更应该明白的是，你们会从错误中学到东西，获得成长。”教授再次拿起笔，在原来那个圈子之外加上了一些新的东西，比如更多的朋友、一座更大的房子，等等。

在刚开始试图踏入新环境时，我们必定会有很多的不适应，还可能遭到别人的打击与质疑，但我们要坚持住。只有慢慢熬过了这个阶段，才能有新的收获，学习到新的知识。

当自己跳出一个又一个舒适圈，再回头去看的时候，我们就会庆幸自己当时的选择。当我们不断地适应新的环境时，我们的视野和格局就会不断扩大，所能看到的未来也就更加宽阔。

一个人只有跳出舒适圈，才能成为真正的强者。他们能看到别人看不到的风景，成就别人难以企及的成功，对于他们来说，没有地方是舒适区，因为他们一直在寻找各种挑战来磨炼自己，让自己变得更优秀。

6. 多尝试未知领域，未来就多一点可能性

在做一件事时，我们大部分人都想把它做成功。因此，相比那些我们毫不熟悉的事情，大部分人更倾向于在做之前就知道怎么做，或者有前人对其总结了一些方法、结论让我们参考的事情。然而，这样选，往往会让我们错过很多成功的机会。

郑酥在一家计算机软件开发公司上班，工作表现一直很

出色。

有一次，一个重要客户需要一个新型的软件，公司领导便把这个任务给了郑酥所在的研发部。

本来，上司决定把这个任务交给郑酥，可郑酥认为自己从来没有接触过这个领域的编程，处理不了这个问题……

于是，上司就把任务交给了另一个员工。两周之后，这个员工将自己的成果交给了客户。客户虽然不是很满意，但也签下了这笔单子。

从那以后，上司和领导就开始重点培养那个同事了。

在做事情时，人们倾向于选择自己熟悉的领域。比如，从小学钢琴的人，他更乐于做跟钢琴有关的事情；常年写作、看书的人，他更喜欢和别人谈论文学等等。因为，这样选更有把握，也能产生更多的自信。

从眼前来看，如果我们总是去选择一些我们熟悉的领域，确实能让我们在做事时得心应手，也能得到自己想要的那个结果，而且，还能让别人看到我们在遇到事情时稳重的气魄。

但是，长此以往，我们自身的能力便会变得单一，学习能力开始倒退，能够接触的领域就会逐渐缩小，这样一来，我们看待问题的角度就会变得狭隘，不能全方位来考虑问题。

又因为太在意自己眼前的得失，目光也会变得短浅，不会考虑到更久远的利益。每次做事，只想着眼前的一点好处，而不去思考怎么做才能让自己在以后收获更多或得到更好的成长。

这样做事的人，只会把自己局限在一个小的领域中，然后不断让自己的人生格局变小。所以，不要只在自己熟悉的领域里面打转，多尝试未知领域，未来才会多一点可能性。

李强是一家创业公司的老板，他的公司刚组建不久，各项业务刚刚步上正轨。

由于公司所选的发展项目与市场上很多产品具有相似性，公司在发展了一段时间后，很快陷入了瓶颈期。

这时，李强立马提出了一个新产品设想，想要投入生产。但是由于这个产品市场上现在没有，以前也未曾出现，很多合伙人都觉得这样太冒险了，还不如继续像现在这样，虽然赚不到钱，但也不会亏什么。

最后，李强坚持将新产品投入生产。新产品面市后，取得了不错的反响，一下让李强的公司在市场中站稳了脚。

从古至今，许多有大成就的人都是努力去探索未知领域的人。比如，提出日心说的哥白尼、发现万有引力的牛顿、发现镭的居里夫人等等。如果一开始他们就认定自己不行或者不敢尝试，那这些伟大的发现也就很可能还在某个角落等待着那个敢于尝试的人去发掘。

衣服合不合身，只有试过才知道；食物可不可口，也只有尝过才知道。面对不熟悉的领域，我们要勇于去尝试，只有在试过之后，我们才能知道这件事的利弊。如果连试都不试，就只能看着机会从自己眼前溜走。

当然，浅尝辄止的尝试，对我们不会有太大的帮助。对任何事情而言，尝试只是一个很好的开始。如果尝试的过程只是蜻蜓点水，那我们就不会知道这件事情自己到底能不能做成功。很多事情只有深入地探索过后，才能透彻地了解，才能知道会不会成功。

就算尝试之后遭遇了挫折、失败，以长远的眼光来看，这也是一个不断完善自我，提升自我的机会。因为，在遭遇不顺之后，我们就能够知道自己处理问题的方法正确与否，明白为什么做不好它以及我们在处理这件事时还缺少哪些能力，从而发现自身的缺陷。

而且，对于未知领域的尝试，也磨炼着一个人的自信和勇气，进而扩大一个人的格局。

那些勇于探索未知领域的人会慢慢培养出自信心，逐渐相信自己有能力克服各种困难，应付各种复杂问题。在不断尝试后，他们也会越来越有勇气面对人生中各种未知的挑战。而且，在这个过程中，他们的格局会在不知不觉中扩大，面对事情可以看得更远更全面。

所以，做一个对未知领域充满求知欲的人，我们才有更多的机会获得成长，获得更多的成功机会。

7. 做适应环境者，然后做强者

每个人都想做一个强者，但是做一个强者并不容易。我们越是想成为强者，越是什么也做不好，总觉得身边的一切都在跟自己作对。

陈国经朋友引荐，进入了一家大公司。这家公司的知名度相当大，工作也是陈国梦寐以求的工作。

可是陈国进入公司工作了一段时间以后，感觉这家公司远没有自己想象中那么好。这家公司的老员工，对他不但不热情，反而非常冷漠甚至厌烦，每天大家都各自忙各自的事情，很少说话。

陈国感觉自己已经非常尽力了，但还是很难适应这家公司冷漠的人文环境和复杂的人际关系。

他觉得这些与他的价值观念和做人原则发生了冲突，于是，不顾朋友劝阻愤然辞职。

之后断断续续找了几份工作，都因为融不进工作环境，干了几个月就辞职了。后来，他的简历上全是不满一年的工作经历，再也没有大公司愿意要他了。

当我们新进一家公司或者调任到一个新的地方、加入了一个新的团队时，我们接触到的将是一个新的平台、新的环境。而新环境中的人可能与我们之前所见的大不一样，自己也可能格格不入。

对于这样的情况，选择离开去寻找新的环境还是留下来，往往体现着一个人的格局大小。

仔细分析，不难发现，我们觉得无法继续在新环境下发展的原因有两个：

第一个是我们把自己定位得太高。我们对自己所处的环境不满意，觉得它太简陋、太低端，不能给我们提供太多的资源、设施。我们从心里觉得自己应该享有更好的环境，于是选择离开现在的环境，想找到更好的发展平台。

第二个是接受不了事物的多样性。有人的地方就难免有竞争，有团队的地方就难免有拉帮结派。在新环境中，碰到看不顺眼的人和事时，我们就会觉得这与我们的价值观有出入，于是选择离开。

这两个原因其实都是源于我们自身。第一个原因是我们没有认清自我，盲目自大，觉得这样的环境配不上自己所导致的；第二个原因是我们无法接纳各种各样的人，无法用包容的眼光去看待人与人之间的差异性，适应不了相互竞争的氛围。这都是做人格局太小的体现。

很多时候，环境是无法改变的。这时，为了自身的发展，我们选择换环境也是无可厚非的，但是有些时候，并不是环境不能帮助我们发展，而是我们觉得融入新环境太难，甚至以此作为逃避的借口，这样往往会让我们失去发展的机会。

王涛工作一直很出色，前不久，因为在负责一个项目时出现了纰漏，被公司内调到一家分公司。

到达分公司后，王涛发现这里不仅设备器材不如总公司，而且员工一个个都是“混日子”的人，工作任务不到最后一天绝不上交，上级不催，永远也拿不到自己想要的工作成果……

王涛看到这样的情况，几度想辞职走人，但最后都忍了下来。决定留下以后，他便开始更加努力地工作，每天他都是最后一个从办公室离开的人。

三个月以后，总公司有一个经理位置空缺，王涛所在的分公司的员工和领导都推荐了他，他又顺利回到了总公司，相比以前职位还升了一级。

正所谓“物竞天择，适者生存”。放开眼界来看，那些能够适应环境的才是真正的强者，而那些被环境淘汰的，往往也是不能适应环境的人。无论他们以前有多强，适应不了变化，也只能被后来居上的人打败。

在不断适应新环境的过程中，我们必然会从中学习到一些新的知识和技能。无论身处的环境有多差、多恶劣，我们都能从中找到可学习之处。我们只有先适应它，才能发现它的可取之处，从而不断丰富自我。

退一步说，即使这个环境并没有什么值得我们汲取的东西，我们也在不断适应新环境的过程中，提升了自身的包容性，对自己的认知和定位也更加清楚。经历了各种各样的环境后，我们在看待问题的时候也会更加全面，处理问题的时候也会更加周到。

不要找各种理由来让自己放弃本该坚持的东西，不要觉得自己所处的环境才是导致自己失败的原因。成功的人大多会先适应他们所处的环境，然后从中不断提升自我，拓展自己的格局和视野，最终成为真正的强者。

第九章

从优势上突破，
扬长避短扩大事业格局

NIDE
CEJU JUEDING NIDE
CENGCI

1. X 成功不是靠改变缺点，而是靠把自身优点发挥到极致

很多人都觉得要想成功就得改掉自身的缺点，其实改掉自身缺点并不容易。相反，如果我们把改掉自身缺点的精力放在发挥自身优点上，可能会有意想不到的效果。

张宝和陈然都是学计算机的，毕业后两人一同进了一家不错的软件开发公司，而且都被分到了软件售后服务部门。

售后要和人沟通，而他俩沟通水平都很一般，所以经常因为沟通的问题被上司批评。为此，陈然马上开始读各类关于沟通的书，以及在网上学习一些沟通技巧等等。而张宝跟研发部的一些同事，继续学起了自己感兴趣的软件开发。

一段时间过后，陈然不受老板批评了，并表扬他进步很大，张宝则依旧整天被批评。

后来，软件开发部遇到了一个难题，大家都束手无策，张宝给解决了，张宝自那以后就调入了软件开发部。

两年以后，张宝都当上了研发部的经理，陈然则依旧是一个售后服务部的员工。

在生活中我们是不是会常常遇到这样的现象：如果是自己不擅长的事情，无论多努力，也不会做得多好，最多也只是

个平均水平；自己喜欢并擅长的事情，不但效率更高，而且容易取得不错的成绩。

人们对于自己不喜欢、不擅长的东西总是心生排斥和恐惧。所以，比起那些自己擅长的事情，我们在改掉自己的缺点时，往往会花费更多的精力。或许这样确实能让我们的状态有所改变，我们有时也能收到改变自己缺点所带来的正面反馈。但往往都是收效甚微的。

从长远来看，这样的改变只能带来一些小的收益，并不能让自己获得大的发展。打个比方，兔子学会了游泳，对兔子来说，它是弥补了自己不会游泳的缺点，可是会游泳的兔子又怎么能和活在水里的鱼相比？它又怎么可能在水里拿到什么成就？

在厦门市，有一个叫曾芝强的保安，在2004年以前他还是一名普普通通的保安。

他来自农村，从未上过警校，也没有受过专业的训练。然而，在火车站执勤期间，他通过对比犯罪嫌疑人与正常旅客在眼神、表情等容易被人忽视的细微差距，在南来北往的众多旅客中发现了5000余名犯罪嫌疑人，其中有60多名公安部重点追捕逃犯。

2004年年初，经公安部特批，他成为了厦门火车站派出所的正式民警，单位还给他分了一套房子，同时获得了厦门市的城市户口。

“取长补短”，这是古人给我们的建议，发挥自己的长处会使自己更容易成功。发挥自己长处时，我们往往能够付出更多的专注力，积极心理学世界级领军人物、心流体验之父米哈里·契克森米哈赖在《专注的快乐》一书中说："当完全专注于一件事时，你会浑然忘我、心无旁骛，全然忘却周遭其他事物和时间的存在，整个身心都发挥到极致，这就是'心流'状态。在身心合一、专注投入的情况下，不论做什么事都会价值百倍，而且生活本身就会成为目标所在。"

瑞士有位学者曾说："教育的最终目的在于发展个人天赋的内在力量，使其经过锻炼，能人尽其才，在社会上赢得他应有的地位。"一个人若能了解自己的优点，并不断对其进行优化，利用自己的优点去扩大自己的事业格局，往往就能得到他应得的成功。

成功者之所以能成功，就是因为他们知道自己的优势在哪，不去盲目地做不擅长的事，不去浪费自己的时间和精力。他们会利用自己的优势，想办法把自己的优势发挥到极致，从而去做到一些别人望尘莫及的事情。

每个人都具有某项与众不同、独一无二的优势。当你发现自己的优势，并努力去开发它的时候，就离成功不远了。

2. 你的价值，取决于有没有找到自己最擅长的那份工作

很多人忙忙碌碌了大半辈子，尽管付出了很多努力，依旧没有取得什么成就。于是，他们就会妄自菲薄，甚至怀疑自己本就是一个一文不值的人。

张丹是学设计的，从学校毕业后，经人介绍进了一家不错的金融公司做会计。

在学校，张丹算得上是一个好学生，可是这里的工作她却很难应付过来，经常因为一些计算错误或赶不上工作进度而被上司批评……

后来，公司又新招了几个员工。他们刚进公司几周，表现就比张丹好了，上司还经常表扬那几个新人。张丹开始变得自卑起来，她觉得自己一点用都没有，连本职工作都做不好……

在工作中，大多数人经常会有这种感觉：自己付出了很多努力，却不及人家稍稍用力所做出的成果；老板总是将一些有丰厚报酬的工作交给同事，而不交给自己；明明是同样的工作岗位，别人能出人头地，自己却毫无作为……

自己长时间无所作为，再加上同事的光环越来越明显，久而久之，我们难免开始怀疑自己。这一切难道真的就说明自己没有一点价值吗？其实不然，全世界第一位电视美食节目的明星茱莉亚·查尔德的经历充分说明了这一点。

茱莉亚·查尔德在史密斯学院就读期间，主修历史。她的写作水平在一众同学中一直出类拔萃，她的梦想是成为一名作家。

1934 年毕业后，她去了纽约一家家具商行的广告部做文案。1937 年回到加州以后，她又一直为当地媒体撰稿并在广告公司任职。虽然她找的都是和写作有关的工作，但这些工作并没有让她有什么成就，她觉得自己只是一个无名小卒，一点价值都没有。

后来，因为战争，她辞掉了自己的工作去参军。1948 年，因为军务，她在巴黎一家餐馆吃了一次美味至极的饭菜。于是，她便开始去巴黎的蓝带烹饪学校学习，而后又向数位法国顶级主厨拜师学艺。

再后来，她将学到的所有烹饪知识写在了《掌握法国料理的烹饪艺术》一书上，1961 年，这本书出版成功，成为了十分畅销的烹饪书籍。

1963 年，在她年逾五十时，她又推出了 30 分钟的美食节目——《法国大厨》。她是一个天生的表演家，人来疯似的在镜头前尽情发挥。她的招牌伎俩包括出洋相、欢呼、尖叫，她满不在乎地把不小心掉在地上的食材捡起来。

她的事业又转向了电视，她成为了名动一时的人物。

茱莉亚·查尔德曾经用一句话归纳了她的成功秘诀：“我烹饪的次数越多，我发现自己就越爱烹饪。”当我们喜欢做某件事情的时候，我们就会自然而然地勤加练习。当我们用了自己百分之二百的努力来练习自己喜欢的事情时，我们通常就会比别人做得更好。

所以，在自己工作岗位上的毫无作为并不足以说明自己一无是处，很有可能只是没有找到自己最擅长的那份工作，来发挥出自己应有的价值。

当自己对目前的现状感到不满，觉得自己在未来也不能利用眼前的工作来创造什么价值时，我们就要倾听自己内心的声音，尝试新的方向、新的工作。只有对自身的反应保持高度灵敏，才能避免浪费过多的时间、精力在没有价值的工作上。

当然，在寻找新的工作前，我们得找出自己的天赋和技能。为了寻找自己独特的能力，我们可以先列出自己“做得比别人好”的事。这里说的并不是我们想要比别人做得更好的事情，而是那些已经比别人做得更出色的事情。

然后，我们就可以知道自己擅长什么工作。比如，我们发现自己擅长维修电路，就应该找与电路相关的工作；我们喜欢制作木制家具，就可以找与家具制造相关的工作等等。

站在多角度来考虑问题，充分利用自己的优势，不被困难打倒，我们才能扬长避短，扩大自己的事业格局，从而突破自我，塑造更好的人生。

3. 清楚自己的弱势，避免它影响你优势的发挥

没有哪个人是全能的，也没有哪个人是什么都不行的，一个人一定是优缺点并存的。而要将自己的优势发挥到极致，我们就应该避免被自己的弱势影响。

李航在人事部门工作两年了，表现一直不错。在季末的人事变动中，李航却未被上司写在升职候选人名单上。

李航对此十分不爽，于是便找到上司，询问原因。经过一番谈话，李航才明白，原来自己没升职的原因出在自己身上。

李航虽然工作能力出众，但人际交往能力却十分差劲，经常为了工作，跟其他同事非常较真。有时候，同事哪怕一不

小心犯了点无伤大雅的错，他也不通情理，对同事严厉处罚。这样不知变通、只会按死规矩办事的性格，让他几乎得罪了所有的同事。上司也觉得如果让他当领导，下属一定会怨声载道，影响公司发展……

就算我们把一件事情做得很好，给别人留下了很好的印象，一旦我们有做得不好的地方，我们所有好的地方也可能被别人所忽略。这是人的特性，他们的注意力会更专注于别人做得不好的事情，而不是别人做得好的事情。

因此，如果我们在发挥自己的优势时，将弱势暴露了出来，很有可能让我们之前的努力都白费了。成功大师曾说过：成功首先是克服自身所隐藏的弱势。我们每个人身上所隐藏的弱势是通往成功道路上的最大障碍。我们经常被自己的弱点打败，次数甚至超过了被对手或者敌人打败的次数。

要想克服自身弱势，必须先认清自己的弱势，在做事的时候针对这些弱势下手，我们才有机会克服它们。

要认清自身的弱势，在遇到事情的时候，我们就得学会“追根究底”：

如果对一些事情没有信心，我们不妨强迫自己提高信心再做一遍，如果还不能做好，那就是我们的弱势；如果我们讨厌一些事情，我们就尽量放下自己的厌恶，再去做一遍，看能不能做好，如果做不好，那就是我们的弱势。

如果在做一些事情时有不好的习惯或者经常犯错，就让自己仔仔细细再来一遍，如果还做得不好，那就是自身的短处；如果自己很喜欢做一些事，但自身缺乏很多做这些事情所必须的条件，那这些就是我们自身的短板。

当然，并不能通过一两件事情就确定自己的弱势，只有在不断地接触各种事情的过程中，仔细观察分析，最后总结出来的弱势，才可能是我们自身真正的弱势。当我们发现自身弱势后，我们又应该如何做才能避免受它影响呢？

首先停止做自己不擅长的这件事，尽量不要引起别人的注意。自己不擅长的事情，我们可能再怎么努力也做不到令别人满意。与其自己努力了还做得不好，让别人说我们不认真、不用心，不如停止做这件事情。我们不做，也就不会引起别人的注意。

其次，和喜欢做这件事的人合作。有些事可能我们必须去做，无法回避，但我们自己又不擅长。这时，我们就可以找一个喜欢或者擅长做这件事的人合作，详细分工，各司其职，这样我们的弱势就会被弱化，别人看到了成果，就算知道是两个人一起完成的，也不会质疑我们的能力。

最后，换个角度看问题，堂堂正正地接受它。面对自己的弱势，不要恐慌，要以平常心来对待。以更远的眼光来看，这次我们表现出了自己的弱势，大家都知道我们在这方面不如别人，以后如果我们做得稍微好点，别人就会对我们刮目相看。换个角度来看，这对于我们来说，也有一定的好处。

每个人都有弱势和优势，在我们的人生发展历程中，只有正确地认清并且正视自身的缺点，我们才可能找到合适的发展方向。只有最大化地扬长避短，才能将自己的优势发挥得淋漓尽致，才有可能扩大自己的事业格局，从而取得更大的成功。

4. 进一步优化长处，成为你所在专业的精英

当我们工作不顺心，感觉自己随时可能被辞退时，很多人第一反应就是换工作，希望以此来找到更好的发展平台。但最后，却越换工作越迷茫。其实，出现这种情况，大都是因为自己不够优秀，别人没有看到我们的不可替代性。

张苗苗经过一家大公司的几轮面试，在淘汰众多的竞争对手后，终于进入了终面。

在终面的时候，她所展示的作品也很优秀，面试官们也看出了她的能力很出色。可是因为这是一家德国的企业，张苗苗不会德语对公司来说是一个很大的顾虑。

在即将确定被录用者是张苗苗的时候，另一个面试者，竟然用德语跟面试官，交谈了起来，对方告诉面试官自己如果到了公司，会更加努力地弥补自己能力上的不足……

最终，面试官考虑到前期工作交流的问题，就留下了那个会德语的应聘者，张苗苗被淘汰了……

有时，我们想在一个领域里面长足发展，做成一番事业。可是，我们却常常面临着被同事挤下台、新人后来居上、被领导调任的风险。而且一旦出现这样的危机，我们就开始焦躁不安，不能全心全意去继续规划自身发展，容易被眼前的危机困住，变得目光短浅。

一个随时可以被人替代的员工，必将面对职场的动荡不

安。因为可被替代，相比较那些更低价的选择，公司自然会放弃做着相同工作，却拿着更高工资的我们；因为可被替代，公司自然不会注意到我们的价值，不在意我们的去留；因为可被替代，别人想跳槽过来挤掉我们也是轻而易举。

所以，要想在职场中有所发展，就必须让自己成为不可替代的人，这样才能不被别人淘汰。

陈楚的公司最近因为财政问题准备开始裁员，刚得到消息的时候，大家找下家的找下家，找关系的找关系……

而初中毕业的陈楚每天依然不急不躁地上着班，几个急得焦头烂额的同事问陈楚："这都要裁员了，你怎么一点都不着急?"陈楚笑了笑，没说话。

裁员结束后，几个留下来的员工都觉得陈楚是找关系才留下来的，一时传得沸沸扬扬。陈楚跟那几个人说，虽然自己是初中毕业，但是干这份工作已经10来年了，在处理问题上比专业人士都精通，公司是看中他这点才留下他的……

让自己无可替代的方式无外乎两种：一种是做别人不愿意做的事情。比如，某公司的高层还需要接受夜班，可能大多高层都无法接受这个条件。如果我们能接受熬夜，去竞争这个职位时，必然比其他人更有优势，相比别的高层管理人员，我们就是无可替代的存在。

另一种是把别人能做好的事情做得优秀。同一份工作，别人可能能按要求完成，而我们却能超标准完成。对于上司来说，这样的员工更有发展前途，他们也必然会着重培养这些有潜力的员工。

在自我发展的过程中，不断地优化自己的特长，让自己变得越来越不可替代，我们才能在职场中按照自己的人生规划稳定发展，并且在不断地自我提升中，突破自我，继续扩大自己的事业格局。

5. 将性格优势发挥至出神入化

古人云："江山易改，本性难移。"性格伴随人的一生，对每个人的影响都非常大。而能否发挥自身性格的优势，也是我们能否成就一番事业的关键。

李欣不擅长与人交际，毕业后，她到一家公司的财务部上班。

到了公司之后，她很快和部门的另一个新人柳源成为了好朋友。一段时间相处下来，她发现柳源是一个非常善于交际的人，不管是自己部门还是隔壁部门的人，她都打得火热。

李欣非常羡慕她，觉得她整天跟上司有说有笑的，肯定很被上司看好。于是，她开始学习柳源，学习各种与人沟通的方法……

可是，她这种做法并没有让自己变得更优秀，反而因为占用时间，耽误了本职工作，让柳源的工作能力超过了自己，一下就被柳源比了下去……

人的性格从大体上可以分为两种：内向和外向。

内向的人总是离群，喜欢安静，习惯内省，不喜欢接触人；做事总是会提前计划，凡事三思而后行；日常生活有规律，严谨。

外向的人活泼开朗，待人热情，善于交际，且与人交往时随和、不拘小节；能够看到事物乐观的一面，通常情绪比较积极向上；能够很快适应各种不同的环境。

因为人与人之间性格的差异，很多人都羡慕别人拥有的性格，觉得自己的性格没有优势可言。

于是，性格内向的人开始改正自己谨小慎微、畏首畏尾、做事放不开手脚的缺点；性格外向的人开始改正冲动行事，粗心大意的缺点……然而，当我们试图改变，想要让自己的性格变得完美时，我们往往会陷入更大的烦恼之中，同时也会慢慢失去自信。

如果我们试图去修正自己的性格，不仅会浪费自己的时间和精力，耽误我们更好地发展自己的优势，而且，当我们失去自信后，我们的格局也会受到影响。那时候，就很难有大的成就。

所以，不要试图去改变自己的性格，我们更应该做的是发掘自身性格的优势。

周乐的公司最近要和其他公司一起组织一个技术交流会，在会上，两家公司会各派一个代表来展示自己公司的产品。

最熟悉这款产品的莫过于周乐和他的同事杨利，公司决定在他们两人之间选一个。因为周乐的性格很内向，杨利则更外向一些，大家都觉得机会非杨利莫属了。

可最终公司决定将机会给周乐。周乐的性格使然，他在做每件事情时都会非常谨慎，鉴于此，领导们觉得让周乐代表公司会更加周全一些。

那次大会，周乐因为细致的讲解，获得了其他公司的夸赞。回公司后，领导也给周乐升了职。

其实，正如事物本身没有好坏之分一样，性格其实也没有好坏之分。

一方面，那些内向的人特别希望自己变得开朗，希望能像别人一样口若悬河，处事八面玲珑，在哪里都能吸引别人的注意力。另一方面，那些外向的人也会羡慕那些内向的人，羡慕他们能够静下心来做自己想做的事，做什么事都能三思而后行，很少出错。

我们之所以觉得别人的性格比自己的厉害，是因为我们没有发挥出自身性格的优势。而要发挥自身性格的优势，首先应该清楚自身的性格特点，例如外向的人，善于从外界吸取能量，而内向的人，善于从自我接触中吸取能量。

要发挥不同性格的优势特点，我们就应该针对其吸取能量的特性不同，制定不同的方法。外向型的人，就需要特意去多创造多人环境，比如，开会、讨论，在思想的交流与碰撞中得到提升。而内向型的人，就要自己学会创造属于自己一个人的环境，隔绝外界的喧嚣，让自己有大量时间独处，思考问题、作出决定。

性格是一把开启成功之门的钥匙，当我们识别和接受自身的性格后，再利用自己性格的优势特性，避免自己性格的劣势特性。这样不仅能加强自己的自信，还能让我们的能力不断得到提升，从而扩大自己的事业格局。

6. 无需羡慕别人，你只要做最好的自己

人们通常最满意的都是别人的状态，在自己眼里别人都是闪闪发光的，总是一心想要成为别人。可是，做最好的自己才是一个人最好的成功。

张雷刚毕业不久，在一家 logo 设计公司工作。在工作中，他一般习惯利用一些简约的图形来完成自己的设计方案，他的工作业绩一直不错。

后来，公司来了一个新人，他的设计方案与张雷的完全不同，他在每个细节处会花很多功夫，不太注重整体的结构。这样的做法很能讨得客户的欢心，他进来不久就业绩惊人，一下成了公司的“红人”。

张雷看新人发展这么快，十分羡慕他。于是，他也开始学习新人的设计思路，在细节上花心思。

可是，由于放弃了之前的设计思路，他对细节的把握又不是太到位，很多设计方案都毫无可取之处，他的工作业绩越来越差……

在生活中，我们总是能发现这样的现象：长得不好看的人会羡慕长得好看的人；贫穷的人会羡慕富有的人；平凡的人会羡慕明星；打工的人会羡慕当老板的人；羞涩胆怯的人会羡慕能说会道的人……

似乎，没有人是不羡慕别人的。羡慕别人，也成了人类的

一种共性。

为什么我们总是羡慕别人，想要别人所拥有的东西？因为我们在羡慕别人的时候，看问题的视野太过狭窄，我们只看到别人的一切都是那么美好，自己也想要这样的光鲜，可是却没看到别人在背后，付出了多少努力，遭受了多少辛酸。如果真的要我们用那么多苦难去换取别人的成功，我们未必肯答应。

羡慕别人也是一种自信不足的表现，我们在羡慕别人时，就会觉得别人处处比自己强，因此，我们就想去成为别人，这正是没有格局的体现。我们被眼前的标杆所影响，分不清自己真正想要的成就是什么样子，只一心想办法向对方靠近，缩小了我们的人生格局。

而且，在羡慕别人的时候，我们很容易盲目模仿别人。每个人都是独一无二的，他们各项成就的达成都有不同于别人之处，如果我们只是单一去模仿，很可能会失去自我，无法看到适合自己发展的道路。

也许别人是有很多我们没有的东西，但是如果我们能放大自己格局，换个角度来看待问题，我们会发现，其实自己也有很多别人不曾拥有的东西。

张晓从工作了五年的公司辞职之后，准备自己去创业。

和他在同一领域一起起步的公司不少，开始的竞争十分激烈。然而，发展了一段时间后，很多一起起步的公司都纷纷倒闭，最后在他所选择的领域存活下来的创业公司仅剩他一家了。

在他的公司做大之后，很多人问他是如何获得今天的成就的。他说：“按照自己的想法走，不要盲从，只有把自己的特色做好了，才可能在市场上存活下来。”

莫言说：“人，来到这世上，总会有许多的不如意，也会有许多的不公平；会有许多的失落，也会有许多的羡慕。你羡慕我的自由，我羡慕你的约束；你羡慕我的车，我羡慕你的房；你羡慕我的工作，我羡慕你每天总有休息时间。”

在羡慕别人的时候，我们显然忽略了这么一个真相：别人拥有的可能是我们没有的，但我们具备的也许也正是别人所羡慕的。有这么一则寓言：猪说：“假如让我再活一次，我要做一头牛，工作虽然累点，但名声好，让人爱怜。”牛说：“假如让我再活一次，我要做一头猪，吃了睡，睡了吃，不出力不流汗，活得舒舒服服。”

每个人都是独一无二的存在，都有自身的独一无二的特质。我们在和别人进行比较时，切忌太过片面狭窄，看不到事情的全貌便很容易陷入自我怀疑中。要想成就一番事业，我们就应该明白，没有完全相同的人，盲目对比更是不可取。

一个人要想取得长远的进步，只有自己和自己比较才是正确的做法。今天的自己比昨天的强，就证明我们进步了。今天的自己离自己的目标更近了，就说明我们在迈向成功，这样下去，不断地自我完善，早晚有一天，我们也会成为他人羡慕的对象。

与其自怨自艾、羡慕他人拥有的，不如静下心来，集中精力努力发展自己的优势，想方设法做更好的自己。只有将自己的特长发挥出来，我们才有可能突破自己，取得更大的成功。

第十章

从金钱上突破，
远离穷人思维放大财富格局

NIDE
GEJU JUEDING NIDE
CENGCI

1. 你那么努力，为何越忙越穷

有些人经常处于一种忙碌的状态，觉得自己每天都在忙忙碌碌，甚至还有忙到累趴下的。可是从早忙到晚，却并没有给他们带来财富积累，反而让他们越忙越穷。

李伟从学校毕业后，先后换了几份工作了。在每个公司他都会遇到这样的情况：基本上每天，他都是第一个到公司，最后一个离开的人，平时也任劳任怨，可每次升职加薪的都不是他。

后来，他又跟着潮流创了几次业。在创业的时候，他更是不分日夜地忙碌，但每次创业依旧没有什么起色，最后都以失败告终……

李伟很不明白，为什么自己已经那么努力了，却还是越努力越迷茫，越努力越穷？

像李伟这样的遭遇，在生活中比比皆是。为了赚钱，许多人不仅牺牲掉自己的娱乐时间，有时甚至还牺牲掉自己的休息时间，将自己的全部精力都投入到了工作上来。可是，这样做的效果往往还没有那些优哉游哉上班的人做出的成绩好。这种工作方法我们称之为“穷忙”。

“穷忙”一族往往会有这样的想法：为什么我这么勤奋，

却依然赶不上别人？为什么我这么努力，还是一无所成？他们总是觉得只要自己努力了，就应该获得成功，如果没有，那就是别人的问题，即使不是别人的问题，自己也没什么遗憾了。

“勤奋努力就能成功”一直都是我们的认知误区。这是一个必要条件，不是充分条件。成功需要勤奋努力，但反过来就不一定行得通了。那些穷忙又瞎忙的人，他们往往没有大格局，不愿意对人生有过多的思考，只是觉得努力了就能获得回报。就算没有回报，自己努力过了，也能心安理得。他们所付出的这些勤奋，都只能算是没有目标的“劣质勤奋”。

他们只想依靠自己的这种劣质勤奋来让自己获得成功，不愿用长远的眼光来思考问题，对自己没有一点规划。最后，因为没有系统的思考、合理的布局，缺乏对人生全局的掌控，只会让自己越忙越穷。

什么样的努力，就会带来什么样的人生。劣质的勤奋即无效的努力。

1990 年，在西柏林中心的艺术大学，三位心理学家试图通过研究，来弄明白是什么因素让精英演奏家比中等演奏者更加优秀。

他们将选出来的对象根据特性分成两组，有可能成为大师的精英演奏者作为第一组，普通的演奏爱好者作为第二组。在两组产生的各项数据对比中，三位心理学家发现：

普通演奏者通常将工作分散到一天，图标显示他们在各个时间段都会有工作时间，他们的工作时间与活动时间相近。

而精英演奏者则不同，他们将工作集中在两个时段完成，一个早上，一个下午，而他们休息和放松的时间也要比其他人多。

费力工作不等于刻苦工作，并不是我们花更多的时间去工作，就能获得更多的回报。过度忙碌，只会导致我们最后放弃对个人能力的提升，一个人越忙，他的能力提升速度越慢，有时甚至停滞不前。当能力得不到提升时，收入自然难以提升。

所以，要想获得更多的回报，我们就得学会正确地行动，避免穷忙，让自己的忙都变成有效的忙。

要想自己的忙能有效，我们就得站在大格局的视野下先确定自己忙的方向，即为什么而忙。只有找到了我们忙的原因，才能确定我们值不值得为此而忙，这样的忙对我们的未来有没有帮助，从而确定自己前进的方向。这样的忙才是有意义，有价值的忙。

而且，在忙的同时要把握度，给自己腾出一些时间来提升自己的能力，而不是整天都在忙忙碌碌中度过，那样的忙碌太没有远见了。只有不断提升自己的能力，我们的忙才会越来越高效，从而进入一个良性循环。

把格局放大一点，把目标定得更长远一点，摆脱穷忙思维，让自己的勤奋变得有效率，我们才可能突破自我，创造真正的价值。那时，我们自然而然会获得更多的回报。

2. 你无法通过攒钱成为富人，但投资可以

有些人觉得，要想成为富人，就得通过财富的不断积累，只要资产达到一定的量，自己就成为富人了。于是，他们便

想着通过攒钱让自己成为富人。然而，通过攒钱往往无法成为富人，那些成为富人的人，更多的是通过投资。

赵明家庭条件不是很好，毕业后留在了一个二线城市工作。

他平常工作十分刻苦，每个月的工资也都比其他同事要高一些。为了让自己变成有钱人，他平常省吃俭用，基本上每月下来都有一笔不少的存款。

辛劳工作五年之后，他也有了十来万的积蓄，那时候十来万对于他来说已经是很多钱了，他觉得自己再努力存几年就能成为有钱人了。

可是，又是五年过去了，周围的人房车都有了，自己虽然已经存了三十多万块钱，却因为房价的涨幅，已经不够在自己家乡买一套房子了……

攒钱从眼前来看确实是一种财富的积累，我们可以看到不断攒钱给自己带来的利益增长。不过，如果只看到钱的这个作用，那就是目光短浅的表现了。

觉得通过攒钱能变富的人，他们只会关心自己的直接收入高低。在找工作时，经常哪家工资高就选哪家；工资不称心就跳槽，总想着老板什么时候能给自己加薪；找工作时相比发展空间更看重福利、年终奖等等……因而，常常会因为只关心怎么让自己的财富迅速增多，被眼前金钱利益迷惑而忽视了更多的发展机会。

而且，就算他们靠节俭不断地攒钱，最后最多也仅能维持日常生活，成不了富人。因为在他们不断攒钱时，这个社会的一切消费都在涨，唯独他们工资涨的幅度不大。可能在十年前他们立志要赚五十万成为富人，往往到十年后攒够五十万的时候，五十万已经并不是很多钱了。

当然，这并不是说攒钱不好，只是想告诉大家，如果想成为富人，仅仅依靠攒钱是很难实现的，久而久之反而会让我们失去格局，养成了穷人的思维。那时候，我们可能就一直是个穷人了。

张晶在一家不错的大企业上班，每月的工资不少。

他很少攒钱，他的工资除了支付必要的房租、伙食费外，都用来报一些技能班，参加一些大型的讲座，时不时还找几个朋友来个短途旅行……剩下的他才存一点以防不时之需。

和他关系较好的几个同事很疑惑地问他："辛辛苦苦赚来的钱，为什么不攒下来？"

他笑了笑说："我这叫钱生钱！"

几年后，张晶辞掉了自己的工作，跟几个朋友一起创业，公司发展很顺利，他也成为了创始老板之一。

《塔木德》说：上帝把钱作为礼物送给我们，目的在于让我们购买这世间的快乐，而不是让我们攒起来还给他。

有位理财者也说过："储蓄是生活上的安定保障，同时也让钱闲置，不能让钱发挥它真正的价值，只是在给银行办事。"

富人思维最重要的一点就是让钱"动起来"，钱只有在流动中，才能不断地发挥它的价值。如果我们把一块钱攒起来，那我们一直就只有这一块钱，而我们让这一块钱流动起来，它就可能给我们带回来一百块钱。

那么，如何才能让钱流动起来创造更大的价值呢？——投资，无疑是最好的选择。投资是为了在未来可预见的时期内获得收益或是资金增值，在一定时期内向一定领域投放一定的资金的行为。

细心观察，我们会发现，没有哪个富人是通过攒钱致富的，更多依赖的是对未来的投资。如果不是靠创立并投资阿里巴巴，单靠攒工资，马云可能一辈子都不会这么有钱。穷人思维期望靠攒钱变得富裕，而富人思维则会考虑让钱去生钱，通过投资形成未来的资产爆发来创造巨大的财富。

要想成为富人，就得放大自己的格局，改变对待金钱的态度。能够把自己手上的钱拿出来，根据市场经济的运动规律去做一些投资，这样才能让自己手上的钱不断增多，才能成为富人。

不过，这里说的投资不仅仅是一些股票基金和房产等和经济有关的投资。将目光放长远后，我们会意识到，最应该投资的其实是我们自己本身，只要让自己变得更加优秀、更加杰出，我们凭借自身能力就可以成为富人。

毫不吝啬地去投资自己，让自己学习更多的知识，结识更多厉害的人，成为一个别人都想投资的优质资源，我们必定能在不远的未来完成自己的财富突破，扩展自己的财富格局。

3. 越省越穷，才是真正值得警惕的“穷人思维”

在我们身边，我们可能时常会看到一些鼓吹消费的公众号，让我们挣了钱就要拿出来花，节俭只会让自己陷入穷人思维。然而，事实真是这样吗？

贺娟，毕业三年了，月入一万多，这在他们城市算是高薪了。而且她还住在父母家，基本没有任何日常开支，每月发的工资基本都能进自己的口袋。

不过她却从来没有存下过钱，她都是一边拼命工作，一边大手大脚消费。她衣柜里的衣服都是高档名牌，一周还要去几次高档餐厅消费，时不时还满世界飞着去旅行……

贺娟最见不得的就是“省”这个字，她觉得自己的爸妈这一辈子，除了省就是省，被一个“省”字困住了一辈子，这就是典型的穷人思维。每次妈妈告诉贺娟：“你省着点花，存点钱，要结婚，要生孩子……”两个人就会大吵一架。

后来，家里发生了变故，需要用钱了，贺娟发现自己根本帮不上忙，才开始后悔自己把自己变成了“穷人”。

在现在社会，“节省”有时成了比“穷”还可怕的字眼。越来越多的人崇尚毫无节制地花钱，他们认为一个人若是没有享受过，便没有动力和精力去赚钱，如果赚不到钱，又怎么能成为富人？

于是，总有人说，要想富，就千万别节省，节省会让你陷进“穷人思维”，只会让自己更穷，你只有先学会了像富人一样花钱，不心疼钱，养成富人的“格局”，才能达到富人的高度，挣到更多的钱。

事实并非如此，如果我们仅仅认为学会富人的花钱模式就是在培养富人的格局，那看待问题太过表面了，我们没有透过现象看本质，只是单纯地在照猫画虎。

比如，我们手上有 1000 块钱的时候，100 块钱对于我们的价值有多少？我们有10万块钱时，100块钱对于我们来说价值又有多少？如果我们此时只有1000块，却一定要用有10万块钱的角度来看待100块钱，最终结果往往得不偿失。

而且，这种做法还极其没有远见，当我们花完了所有的钱，不为未来可能发生的事情做准备，或者不为一些突发事件做准备，我们只会在遇到事情时束手无策，陷入混乱。不但会让我们陷入负面情绪，而且也会给我们的未来发展造成很大的负面影响。

张健大学毕业的时候，有两份工作机会摆在他的面前：一是起薪提成听起来都还不错的保险销售，二是起薪不高异常辛苦的互联网运营工作。

张健平时信奉“钱不是省出来的”，为了能维持每个月不低的开支，他思来想去，最终选择了保险销售工作。

陈密和张健是同校同学，他和张健获得了一样的工作机会，但是他不是一个特别注重消费的人，比起收入，他觉得成长才是第一位的，于是选择了工资较低的运营工作。

因为张健每次都抱着一个目标，找到能支撑自己消费的工作，四年来他换了八九份工作，依旧身无分文，毫无成就，自己在职业方面的迷茫困惑比四年前有增无减。

而陈密攒了不少钱，买了属于自己的房子，也已经当上了领导，摸清了自己要走的路，前途一片光明。

如果能以大格局的眼光来看问题，我们就会发现，我们应该学习的不是富人的消费模式，而是富人的思维模式。这种思维模式是，富人更注重的往往不是物质上的消费，而更关注自身能力的成长。当然，并不是说他们有钱了才不注重，你见过哪个成功者在成功前就整日名牌傍身，他们只会把这些钱用在适合的地方，让自己变得更优秀。

可能对于我们来说，最尴尬的不是没有富人的品位，而是空有富人的品位，却没有富人的钱。那样只会让我们的经济状况愈加窘迫，进而拖垮我们的发展，从而让自己止步不前，甚至倒退。

从另一方面来说，节约及储蓄本身恰恰是一种“防患于未然”的前瞻性行为。能够知道节省的人，往往都是知道为未来做准备的人。他们的格局也就比一般人都大，在不久的将来，他们将会拥有的财富也会比别人更多。

看透这种消费思想背后的“陷阱”，学会合理分配自己现有的资源，努力提升自身的能力，我们才能突破自我，获得更好的财富积累，赢得更有意义和价值的人生。

4. 买买买，你早晚要为自己的放纵付出代价

自从人们越来越提倡要多消费的理念，很多人就心安理得地开始了买买买，这种毫无节制的消费观，往往会让人们付出代价。

前不久，王民交了个女朋友，两个人几乎天天在一起。

王民这几年工作存有一些钱，交了女朋友后，就经常带自己的女朋友去高级餐厅吃饭，时不时地送女友一些价值昂贵的礼物，隔三差五还带女友出国旅游……

一段时间后，他的钱就不够用了。可他又不好意思告诉女

友没钱，于是到处借钱，继续给女友买礼物，带女友去玩。

但最终他们之间的感情没能维持下来，和女友分开后，他才发现，自己已经债台高筑……

在这个崇尚消费的年代，爱买东西好像成了人们的通病：心情好的时候为了庆祝一下要“买买买”；心情不好的时候为了安慰自己也要“买买买”；失恋了为了转移注意力要“买买买”；工作不顺利了，为了打满鸡血更要“买买买”……

人们总能为自己的消费找到理由，然而，当这种“买买买”是必要理性的消费或者偶尔的冲动消费还可以接受。而长期过度消费，除了能给我们带来一时的开心之外，可能更多的是负面的影响。

比如，明明自己的工资只有三四千，而吃一顿饭，就要花几百块；买衣服，就一定要穿上千块的名牌；手上的包包也绝不能是不知名的牌子……

当我们的消费水平远远超过自己的赚钱能力的时候，长期过度非理性消费，特别是把钱用在一些消耗品上，比如衣服、包包、吃喝玩乐等等，这些不会让我们获得增值，过度沉迷其中是一种非常没有大局观的做法。

当我们把大把的钱花在这些事情上时，其实就是对未来的一种不负责任。我们所做的努力应该是为了让未来的自己变得更优秀，而这么做，我们就是在浪费自己的劳动果实，将自己赚来的钱花在一些很可能无法让我们得到成长的事物上。

即使不谈钱的得失，过度消费还浪费了我们过多的时间和注意力。每次无论在店里还是在网上，挑选商品就会浪费大量时间。而且，心里老是想着要买什么东西，还会让我们时不时思考怎么才能买到更好的，会严重分散我们的注意力。这对我们处理其他事情来说，都是有不好的影响。

在我们过度消费时，我们也很可能在盲目的消费过程中迷失了自己，被物质享受所迷惑，只会想着怎么凑够钱享受到更好的东西，而不会想到怎么让自己用钱去创造更好的未来，极大地限制了我们的格局发展。

一个人一旦格局小了，便很难得到更长远的发展，如果现在还不知节制地消费，那他的人生只会越来越糟糕，无论他现在是谁，他都必定会在未来付出巨大的代价。

有一次，拳王泰森带着一帮“朋友”去一家豪华的商场买东西，让他们随便挑，自己给买单。后来，他给商家付了 50 万美元。

他一年光手机费就花了超过 23 万美元，举办个生日宴会也要 40 万美元左右。用 100 万英镑买了一只钻石金表，才戴了十来天，就随手将这只金表送给了自己的保镖。甚至经常有几万、十几万美元的巨额花费，连他自己都搞不明白花到了什么地方。

他确实很有钱，据说在鼎盛时期所拥有的财富，是一个普通美国人工作 7600 年的工资。

然而，后来，因为他的挥霍无度，他变得两手空空，债台高筑，被称为世界上最穷的人之一。

这种无节制的“买买买”说到底就是一种穷人思维，一旦陷入这种思维，自制力会越来越差，最后被这种消费观念左右我们的人生格局。那时，我们就很难再实现人生格局的突破，更别谈在未来能够拥有更多的财富了。

所以，如果我们未形成这种行为习惯，我们要加强自制力，让自己保持理性消费。而如果我们已经养成了过度消费的行为习惯，这时，我们可以通过记账来逐渐改变这种观念。在我们消费的时候，将消费的明细都记下来，时不时翻出来看看，看哪些是非理性超前的花费。下次再遇到此类购物情况，就提醒自己，做到量入为出。每个月制定一个支出收入比，支出不超过收入的65%为好。

建立良性的消费观，能让我们在未来有更好的发展条件和发展机会，才有可能在未来突破自己，拓展自己的财富格局。

5. 别让信用卡套牢你的人生

刷信用卡，现在已经成为众多年轻人消费的首选支付方式。这种超前的消费模式，一不小心，我们就可能让它牢牢套住。

郑瑞工资不高，每个月的工资只够糊口。

去年五月份，恰逢某银行主推当季标准信用卡，长达50天的免息还款期吸引了郑瑞，他随即申请办理了一张信用卡。几天后，他收到一张额度为7000元的信用卡。

于是，他马上用信用卡买了5000元的手机，并拿剩余的钱买了几件自己喜欢的衣服，分期下来，他每个月只用还600多块钱。

郑瑞对自己发现这种新的消费方式异常兴奋，他可以买很多自己之前不敢买的东西。于是，他又先后办了几张信用卡，不停地用信用卡来满足自己的一些消费需求……

同事见状都纷纷劝他别太依赖信用卡，他却说自己买的都是必要的东西，不过是花以后的钱，又不算浪费……

信用卡消费，主要是指消费者向银行和其他金融机构借款，用于购买商品和服务的一种消费方式，这是一种无现金的交易模式，只需要消费者在下一个月还给银行或者其他金融机构约定的资金。

以前信用卡不太普及的时候，申请门槛还挺高，现在，为了刺激消费，市面上各种各样的信用卡都出来了。而且，很多信用卡的申请门槛都相当低，甚至有的门槛基本形同虚设。

这主要还是因为信用卡的消费群体特性。从年龄段看，信用卡消费的群体多为年轻人。据不完全调查统计，14 岁至 28 岁年龄段的持卡人占比超过六成。为了让这些年轻人能够拿到卡消费，降低门槛是一项有效措施，很多银行还会推出只针对年轻人的信用卡优惠活动，甚至有的明确要求，办理信用卡的年龄段需在 20～40 岁。

这样一来，年轻人就能更容易办到卡，能够有更多的可支配资金，算是好事。可事情都有两面性，在我们享受着这种好处时，往往也会有危机在等着我们。

因为刷卡消费不会令人立即产生钱花出去的心疼感，很多人就容易丧失对自己资产的正确评估，总觉得按照自己的工资水平，每月还一定的钱，迟早会还清，就会产生过度使用信用卡的行为，逐渐产生对信用卡的依赖，信用卡也会越办越多。这其实就是没有危机意识，只看到眼下的情况，一旦自己的工作出现什么问题，或者人生发生了什么变故，那时候，就会发现一大笔债务压在自己头上，这会让自己花费更多的精力和时间去偿还。

而且，这种提前消费的理念一旦养成，我们就很容易以现在的眼光去决定未来的发展方向，甚至不考虑未来，只顾当下，从而心安理得地消费，白白毁掉我们未来发展的条件，还有可能因为现在的格局还不够大，规划错了人生的发展方向。

所以，使用信用卡时，一定要注意，不要过度使用。否则，就会让我们深陷其中，最终变成每个月都想办法还钱的“卡奴”。

方静在一家计算机公司工作，前不久，她根据自己的实际条件申请了一张额度信用卡。

拿到信用卡后，她开启了疯狂购物模式。因为感觉这样花钱比较新潮，她一下办了好几张卡，准备把额度都提升上去。

结果，几个月过后，每个月初各个账单都发到自己手机时，她发现花钱的时候还不觉得，但花钱之后，她一个来月都得努力凑钱还信用卡，分散了太多精力，甚至都无法顾及工作了……

几个月过去了，她的账单不仅没有还完，反而比以前更多了。为了让自己有钱还每个月的账单，她不得已搬出现在住的房子，租了一间条件差的房子，省下房租来还账单……

其实，信用卡也并不是不能用，关键在于如何用。如果我们办了一张又一张卡，只是为了用新办的信用卡里的钱还上一张信用卡的账单，那这就是典型的穷人思维，这样的思维只会让债务越滚越大。

在信用卡的使用上，我们一定要摆脱穷人思维的用卡模式，学会合理地利用信用卡，来创造更多的财富。

有一位理财专家曾就信用卡的使用，给出了以下几点建议：

第一，尽量减少开户银行数量。把手中的信用卡集中到三张卡中，这样既不会让我们过度消费，也能让我们对每张卡资金心里有数。

第二，按照功能的不同，把这三张卡分为日常消费卡、投资卡和资金积累卡。

第三，日常消费卡由于随身携带，所以钱不可过多；投资卡可以用来购买股票、基金、债券等一切投资品种；资金积累卡负责向投资卡、消费卡划转资金和支付划转水电煤气、按揭等费用。

信用卡只是我们用来提升或者帮助自己的一个手段，不要被它影响我们的格局。学会善加利用它，我们才能不断完成自己的财富规划，突破自己，扩展自己的财富格局。

6. 停止仇富，心态好的人才能越过越好

人很容易在看到别人比自己有钱时产生不正常的仇富心理，如果我们不及时改变这种仇富心理，任其发展，只会越来越穷。

王东在一家上市公司工作，他和张闻是一起进的公司，还进了同一个部门。张闻家里条件非常好，相比其他同事，生

活水平也就更高一些。因为同是新人，张闻平常和王东走得挺近，两个人关系也不错。

可是，一年后，张闻因为表现出色被升为了主管，王东就主动淡了他们之间的关系。因为张闻家有钱，他就认定张闻肯定是走“后门”的，还到处说“有钱人都这样，在哪里都混得好!”“我不屑与有钱人为伍!”……

为了表达他这种思想，他越来越懈怠工作，跟张闻对着干，张闻看在以前是朋友的份上没跟他计较。

不过，由于他的能力一直没有提升，工作业绩也不行，三年过去了，他职位没升，工资没涨，一分钱都没存下来。

仇富心理在一般情况下分为两种，一种是正义的仇富：这种仇富并不是仇视一切富者，而只是对于那些“为富不仁”的富人的愤慨，或者是对那些通过不正当手段致富的人的唾弃。

而大多时候，我们所理解的仇富，是我们在曲解这种正义的仇富下所产生的理念。我们会觉得富有的人必定和腐败扯上联系，富有的人的成功都是通过钱来买到的，富有的人必定都是好吃懒做爱慕虚荣的人。然后，我们假装站在道德的制高点来抨击他们，无论真相是怎么样的，在我们心里，富人更可能是坏人。这也就是我们本文要说的仇富心理。

比如，我们在听到某个富二代取得了什么成就时，会觉得“他肯定是靠他爹”“就算他不知道，也一定是他爹在背后悄悄操纵”……当看到某个富二代出了什么事时，我们又会觉得“一定是他有钱得意忘形，活该”“有钱人真好，出事了只要用钱，随便就能摆平了”……

无论有钱人做得好还是不好，总会引来一些人的仇视。这一方面来自于嫉妒，觉得人家条件比他们优越，从而心生怨恨。强烈的嫉妒心往往会导致一个人迷失自我，心胸变得狭隘，从而影响自己的人生格局。

另一方面因为人们都好面子，越是没钱的人就越好面子。没钱的人通常觉得自己拿得出来的只有面子了，跟有钱人比起来，面子就是钱。当他们发现有钱人的能力、成就超过自己的时候，为了能不掉面子，只能骗自己说他们背后用“钱”做了手脚。这种自我安慰会让我们不能正确评估自己的能力，不能及时对自己的能力提升方向做出调整，自我就得不到提升，更别说获得发展。

当自己的格局变小，能力得不到提升，眼界变窄时，我们就很难在未来取得什么成绩或者有获得更多财富的机会。

所以，停止这种仇富心理，学会欣赏富人的长处说不定会让我们有更好的发展。

陈岸工作了几年后，辞职准备创业。

在朋友的引荐下，他认识了一个相当有钱的投资者，那个人是个富二代，继承了他爸爸的资产，一直在做投资。

陈岸本来只打算筹点资金，没想到在和这个人交谈后，他被这个人的见识和知识储备惊呆了，都忘记了说融资的事情。

后来，他又陆续找了这个人好几次，他再没有想提融资的事，而是每次和他在一起的时候，都会向他打听一些他当时创业时的故事。那个人跟他分享了很多创业方面的经验，两个人的关系越来越好……

陈岸从和这个人的交往中，学习了很多为人处世的方法，了解了很多创业时需要做好的准备，他的创业历程因此变得十分顺畅。

后来，在他公司做大以后，他还经常去那个人那儿学习公司运营、现金储备、时局分析等知识。

如果我们能客观分析，就不难发现，富人之所以成为富人，他必定有他的过人之处，比如，比尔伯格的计算机编程能力、马云看事情的远见等等，我们应该学会欣赏他人的长处。在奋斗的道路上，将他们看成富有经验的老师，而不是我们的仇人。学习他们的经历或者经验，让自己少走很多弯路甚至错路。

就算人家是富二代，没经过奋斗，这些人从小就在一些具有大格局的人的熏陶下长大，他们的眼界和处事的格局也必定不小，从他们身上我们依然能学习一些能成大事的能力。另外，不仇视富人，学会欣赏他们，也能拉近我们之间的距离，如果我们以后的发展欠缺资金了，还能从他们那里获得帮助，对我们发展来说有利无弊。

仔细想想，其实我们并不是讨厌富人，而是讨厌富人的钱不属于自己。这是一种没格局的表现。只有停止仇富，我们才不会限制自己的发展道路，才可能继续扩大自己的财富格局，让自己更成功。

第十一章

从知识结构上突破，充实自己深化思想格局

NIDE
GEJU JUEDING NIDE
CENGCI

1. 归零空杯心态

过往的经验和认知虽然可以在一定程度上帮助我们更好地解决问题，但过于依赖以前的经验也往往会阻碍我们的发展，要想突破自己，就得养成归零空杯心态。

张冲以前在一线城市的一个大企业工作，为了离家近点，他辞掉了原来的工作回到自己家乡城市发展。

回到家乡后，很快便找了一份不错的工作。因为之前的能力磨炼，新工作他能很轻松地应付过来，不久就被升为了主管。

也因为这样，他开始懈怠了，不再去学习新的技能和知识，觉得自己的本事已经可以完全处理好所有问题了。

结果，两年后，公司进行了改革，优化了一些办公方法，张冲因为不能适应新的办公方式，面临了被辞退的危机……

人们通过不断地学习会形成一定的知识结构，这些知识结构是我们对自己以往所接触知识的整合，能让我们能够更好更快地解决一些与之相关的问题，从而节省下很多时间和精力。

但是，当这些知识不断积累时，特别是我们相比其他人有更多的知识积累时，我们就很容易陷入盲目自信的境地里，认为自己的想法都是正确的，自己的已有能力已经能解决一切问题，而放弃接受新的思想。

这样会让我们故步自封，觉得自己所掌握的知识技能已经很全面，不去接触新的知识，从而可能错过很多成长的机会。长久下去，与其他人相比，可能别人“后来居上”，自己甚至被甩得更远。

在这种想法的支配下，我们目光会变得愈加短浅。因为相同的事情在未来可能需要跟现在不一样的知识才能解决，我们如果觉得自己的能力已经足够处理现在的问题，就不思进取，不接受新的思想，以后再遇到同样的事情时就很难处理了。

所以，为了未来的发展，一定要避免盲目自信的心态，认识到只有不断学习才能不断进步。而要想避免这种心态的出现，让我们能保持不断学习的习惯，就得养成归零空杯心态。

有一个在佛学领域造诣不浅的人，去某个寺庙拜访一位德高望重的老禅师。

老禅师的徒弟首先负责接待他，当他看到不是老禅师接待自己时，他就觉得自己高人一等，态度十分傲慢。

后来，老禅师决定过来亲自招待他，在为他沏茶时，明明杯子已经满了，老禅师还是不停地往杯子里倒水。

这个人很迷惑地问道：“大师，杯子已经满了，为什么还要往里倒水？”

大师回答说：“是啊，既然已满了，为什么还倒呢？”

禅师的意思是，既然你已经觉得自己比别人厉害，很有学问了，为什么还要到我这里求教？

这个人脸羞得绯红，听了大师的话后，他放低自己的身份，以一个入门者的姿态踏踏实实学习，每天虚心向别人请教，几年下来，他从禅师还有师兄弟那里获益良多，成了名噪一时的高僧……

水满则溢，我们的知识储备和这个道理差不多，当我们觉得自己的知识储备足够了的时候，就会和杯子里的水满了一样，再也接受不了新的知识了。这时，我们要做的其实也很简单，把水倒掉，重新装水，即摆正心态，“忘记”我们之前掌握的知识、经历等等，再来学习新知识。这就是“空杯心态”。

当然，我们要知道的是，空杯心态并不是让我们真的忘记之前的一切，而是对过去荣耀、成功的一种舍弃。无论是处在原有的环境还是新的场合，都把自己当成毫无成就的“新人”，去虚心、认真学习各种知识。

当我们不断地对自己拥有的知识进行重整，逐渐“倒空自己”的时候，我们才能不断地为新知识的进入留出空间，保证自己的知识与时俱进，从而能保持思想上的创新，不断进步。

以大的格局视野来看待问题，我们会发现，这种“空杯心态”，能够培养我们的危机意识，让我们意识到，随着外界环境的变化，我们永远都只是新人，一个新人要想成功，就只有不断地学习。

而且，懂得取舍与进退的人，不仅拥有超于常人的大局观和魄力，还能习惯以更长远的目光来看待问题，其实，换个角度来说，有舍才有得，我们也是把舍弃的东西沉淀下来，为我们以后的更好发展做下铺垫。这样才能取得更好的成绩，才能在今后的道路上走得更稳、更远！

多学习一种新知识，就能为我们的思想注入新鲜的血液，扩大我们的思想格局，重新架构知识框架，让我们能够更加全面地看待问题，更加妥善地处理问题，从而获得突破性的成功。

2. “学习”这件事，你为何无法持续坚持？

人们总是不喜欢学习，无论学习什么，就算明知道学好了对自己未来发展很有利，许多人依然无法长久坚持下去。

廖然毕业后，在一个公司的财务部门做助理，为了在自己工作上能有更大的提升，他决定考一个财务管理会计师。

在离考试还有将近一年的时间时，他花了几千块钱报了相关的培训课程。

前几周，他总是热情满满地去上课，听网络课程，每次都把笔记记得满满的。然而，这样的热情也就坚持了两个月，两个月后，他总是能找到各种理由不去上课：“今天工作太累了……”“今天得陪朋友出去逛街……”等等。

结果，到了考试的时候，他的课程才刚刚赶完，什么都没学到，考试过后，廖然陷入深深的自责中……

有时，为了改变自己，让自己朝着希望的方向发展，我们需要学习新的知识、技能等等。在决心要做一件事时，我们总是信心百倍，觉得无论多苦多难自己都会坚持学好，不会放弃。然而，真正开始学习时，结果往往是半途而废。

仔细分析，我们会发现，我们之所以坚持不下来，往往有这么几个原因：

没有如愿看到成效，失去坚持的信心。这是很常见的一个原因，很多人都很看重眼前的得失，如果没有及时看到收获，他们就会怀疑自己的坚持是否有意义，几次过后，就会选择放弃。

惰性战胜了理性，放弃了坚持。人的惰性是影响坚持的最明显因素。一旦没有控制住自己的惰性，我们就会给自己找各种理由来逃避学习，先是“偷工减料”，然后是自欺欺人，最后甚至完全放弃。

有的人可能会说，没坚持下来也不要紧呀，重新选别的东西学习，反正自己本来也不会，也没什么损失。那只是借口，一旦养成这种思维习惯，那么做什么事都会习惯性地选择放弃。这样的做法，不仅会让我们毫无收获，还会让我们在制订和实施计划时浪费大量时间和精力，从大局来看，这样其实是在妨碍我们的发展。

而且，我们习惯每次半途而废后，便形成畏难心理，很难再去学习新的知识和技能，而越好的知识和技能一般都需要更长时间的坚持学习才能获得。这会让我们的综合能力一直得不到提升，和别人相比来更是一种退步。

所以，在我们学习新的知识和技能时，一定要学会坚持，只有坚持下来，才可能获得更好的结果。

李勉在一家计算机公司工作，前不久，经理给部门每人发了一本有关软件开发类知识的书，让他们都认真看，然后在月底参加个考试，考好了可以出国接受培训。

很多人都想要这个出国名额，于是，部门一下变得热闹了起来，每次空闲时间，大家都开始认真钻研起书上的知识……

然而，几周过后，一批人就很少再看书了，闲暇时间更愿意刷刷朋友圈。几个月过后，坚持的人更少了，李勉也一度想放弃，可是每次想到能出国学习的机会，就坚持了下来。

最后，部门参加考试的人只剩下了三个，通过的只有李勉一个。

两个月后，李勉从国外回来，直接当上了副主管。

要想把学习坚持下来，我们就得先提起对它的兴趣，让它对我们有吸引力，而最简单的方法就是在坚持不下来的时候，把眼光看远点，用未来的目的激励我们，例如想想，如果坚持下来，会给自己带来哪些收益，如果我们强烈渴望得到那样的收益，自然就能坚持下来。

当然，学会把大的目标分成小的目标也是重要的一步。将大目标变小，就是为了让我们能够看到短期收益，这对我们的士气来说会有很大的帮助。另一方面也会让我们知道自己是不是在朝着自己的目标前进，以免迷茫。

还有，克服自己的惰性也是必要的一步。想要克服自己的惰性，就不要给自己任何“借口”，无论时间上的借口还是精力上的借口，当我们把坚持当成一种习惯，就会自然而然地克服自己的惰性。

无论是做什么，熟悉的还是不熟悉的，都该坚持下去，很多时候，我们坚持下去了，才会获得新的东西，我们对事物的认知就会更加具体，才会吸收新的知识加入自己的知识框架，让自己的思想格局得到深化。

3. 摄入有效知识的正确方法

当人们没有系统的学习方向及方法时，不知道该学习哪些知识，往往眉毛胡子一把抓。就算知道要学习什么知识了，如果没有层次分明的学习方法，常常也都是事倍功半。

陈晓燕工作几年后，想要自己创业，开一个花店。

由于之前没有接触过这一行，她就去请教了几个曾经卖过花的朋友，朋友给了她一些建议，她便回家自己开始倒腾起来。

结果，店开张不久，店里的花就开始蔫了，这让她十分着急。她便轮流叫来了那几个卖花的朋友，希望能帮她拯救一下花店。

朋友们来了后，都批评她准备太不周到，跟她说的很多设备她都没买，教给她每次进货要控制量，她也没听进去……而且，朋友们当时的花跟她卖的花种类差别还很大，她也没提……

后来，虽然朋友们尽力帮她了，她的损失依旧十分惨重。

在考虑学习新知识时，很多时候，大家都是很盲目的，想到什么就学什么。不清楚什么知识能解决哪些具体问题，哪些问题又需要哪些知识才能解决。这就导致，有时明明学习了很多知识，却依旧解决不了问题，这时我们学习的知识就是“无效知识”。

这种无效知识无法解决我们的问题，反而会耗费我们的时间和精力，让我们错过解决难题的最佳时间。而且，在学习无效知识的过程中，还会给我们制造一种错觉，让我们以为自己已经努力地解决问题了，结果没有成功，就会觉得是自己没能力解决问题，产生不自信的心理。

为了避免在学习知识时做一些无用功，我们首先得排除这些无效知识，找到真正应该学习的有效知识。

简单点来说，有效知识，就是能够帮助我们解决实际问题的知识，无论是直接的知识还是间接的知识。比如，我们想写一首歌，对于我们来说，有效知识就包括，如何看懂五线谱、如何作词、如何作曲等等。

在解决一件事情时，知道哪些是有效知识，能给我们一个选择的方向，让我们能够把那些真正有用的知识拿出来进行学习，这样能够让我们把更多的时间和精力花在有价值的事情上，从大局上来看，这就加速了我们成长的速度。

只是知道哪些是有效知识还不够，我们还需要知道学习这些有效知识的正确方法，才能让我们更快更好地掌握它们。

李薇在工作后，慢慢地，身材开始走样了，为了恢复自己的身材，她在网上找了减各个部位赘肉的健身方式，有减腹部的仰卧起坐，有减腰部的甩呼啦圈，有减腿的瑜伽……

她每天下班回家都会照着视频练习，可是，一段时间下来，不仅没有减肥，反而自己肌肉拉伤，去了几次医院。

后来，她没有再自己学，而是找到自己经常健身的朋友请教，朋友告诉她如何才能利用这些方法有效减肥。比如，这些健身项目如何搭配才能最高效，有哪些不能放在同一天练习等等。

那次以后，她很少再出现肌肉拉伤的情况，也慢慢开始瘦了下来。

学习有效知识时，最忌讳的就是随意和零散，最好有一定的规律可循。不要哪个方便学哪个，看到哪个学哪个，每次学习的知识前后也没有什么联系。如果有人说，我们最终也把所有的知识都学完了，效果不都是一样？那这种人的目光就太短浅了。

当我们要解决一件事情时，我们学习的知识往往都是有所联系的。如果我们能通过了解它们各自所处的层次，以及对解决问题的重要程度等等来学习它，我们往往就能更好地融合各类知识，更快地学完所需的知识。

比如，我们想要用电脑搜索一个问题，我们需要学如何打字、如何开机、在哪里搜索、怎么辨别答案可信度等等。我们如果随意学，先学了如何怎么辨别答案可信度，然后学在哪里搜索等等；如果有计划地学，先学开机，再学打字等等。相比起来，第二种能让我们动手来学习，可以更快掌握，而且更符合我们解决问题的逻辑方式，能让我们印象更深。

学习如何学习有效知识其实是在培养一个人的格局，那些能高效学习知识的人，往往都有不错的大局观，他们能够站在更高的角度来看待这些不同的知识，从而发现他们的本质联系，找出更好的学习方法，从而不断更新自己的知识架构，深化自己的思想格局。

4. 建立知识体系还得靠笨方法

在社会生活中大家会发现：有一些人总是比别人工作时间长，但是收益成果却比别人的小，这是什么原因导致的呢?答案就是需要找到一个合适的办法，别人建立了知识体系，快速而高效地完成了工作，而你却还在“死”学，这样一来，效率当然是不成正比的。最终导致的结果就是虽然你很努力，但是你最终还是要败给那些高效率的人。

建立完整的知识体系有助于我们更好、更加精确地把握学习内容的主旨，快速提高自己的学习能力，缩短学习的时间，更加充分地利用时间。这样不仅能够达到事半功倍的效果，而且成就感会比那些“死”学的人高。这就是建立一个知识体系在我们学习中的重要作用。

王林是一家从事保险事业的推销员，刚入职这家公司的时候他才刚刚毕业，他从别人的口中听说销售这一行很锻炼人，而且有能力的话，一个月收入过万是没有问题的，因此入了这一行。

但是找不到销售方法的王林在起初的几个月里销售惨淡，

渐渐地，他也失去了信心，直到他看到别的同事都是自己买几份再让自己的朋友买几份，这样的话，业绩自然就上去了，自己的工资也就高了。

他决定立刻这样做，果然不出所料，连续两个月他都拿到了高工资，可是当所有熟悉的人基本都买过了，他就再也没有业绩了，工资也少了。最终他决定换行……

在我们每个人的生活中这种情况是非常常见的，因为急于要在某方面快速提高自己，于是迅速建立起自己所谓的知识体系，觉得靠这个知识体系就能迅速地提高自己，结果却得不偿失，导致这种情况出现的原因就是快速建立起来的知识体系不一定适合自己，反倒不如自己慢慢学习效果好，脚踏实地总比盲目地追求效率来得更加安稳。

当一个人的内心平静下来后，这个人就会思路更加清晰，能够看到以前所看不到的东西，更不会因为一时的得失或者一时的情绪，而去迫使自己快速地调整自己，渐渐地安下心来思考和总结，慢慢地，会形成更好的、适用于自己的方法。

可见，能否形成一个完整的可靠的知识体系是如此重要，以至于可能导致整个职业的成败。这就是我们为什么要谈知识体系的重要性。

那么怎样建立一个适合自己的知识体系，并且让自己从中获益？

小山是一个网络公司的美工，主要负责公司制作的网站上面配图的工作，刚入职的时候他总是出错，不是图片与主题不搭配就是颜色和布局不合适，导致他整天加班，过得也很压抑。

有一天老板找他谈话，小山以为老板要开了他。他没想到的是，老板竟然夸他了，说他刚开始工作，图做得还是不错的，但是需要注意些方法，学习些技巧，慢慢总结下学习的方法，这样会更好。

从此小山开始将自己的图片精心分类，并且努力去看一些好的设计作品，并且把自己的感受和经验总结下来。

没过两个月，小山就突破了工作的瓶颈，每一次的配图都是可以的，甚至有几次非常出彩，得到了同事们的一致好评。

通过慢慢地总结和不断地思考改变，我们渐渐地就会发现一个属于自己的"笨"方法。用这种"笨"方法建立起来的知识体系更加实用和牢靠，这样会更快更好地学习到知识。一套适用于自己的学习模式和知识体系并不是就迅速建立起来的，要想真正学到东西，还得落实到实践中，一步步摸索。

建立起属于自己的知识体系，不断地丰富自己的知识宝库，进而从知识结构上面改变自己，让自己的思想更加丰富而有内涵，思想格局的形成不但有助于你更好地看待这个世界，还有利于你以后人生道路的发展。

5. 学而不思则罔，多注重思考

现代生活中，我们经常会出现这样的感觉：一旦不学习，渐渐地就会被这个社会淘汰。快速出现的新东西我们一时半会是无法搞懂的，因此现在好多人都开始树立终身学习的目标。只有不断地给自己充电，才能使自己保持继续下去的动力和能力。

在春秋战国时期，赵国有一名大将名字叫赵括，他出生在一个军事世家，他的父亲就是带兵打仗的将军，希望他也能像他一样，就开始教他兵法知识，渐渐地，他觉得自己已经很厉害了，可以带兵打仗了。

过了几年，秦国开始攻打赵国，廉颇将军看出了秦军远道而来，粮食是跟不上消耗的，只要这样一直跟秦朝僵持下去，赵国一定会赢，而且坚守的地方更加利于防守的一方。但是秦军使用反间计让赵国的赵括代替了廉颇。

赵括终于可以施展自己的抱负了，他决定跟秦军正面交战，结果只懂得书面知识的赵括被秦军包围，40 万将士被秦军活埋。

只盲目地学习课本上的知识，或者是听别人的说教，一味地接受旧的知识是思想的桎梏。这样的学习方法只会导致我们渐渐地失去自己的思考，从而丧失创新的能力。

“提出一个问题要比解决一个问题更重要”，而提出一个问题正是你不断思考的结果，要多注重思考，这样我们才能更好地学习和发现新的东西，学习到更加丰富的知识，让自己变为更加聪明的人。

牛顿是英国著名的物理学家，一天他一个人在一棵苹果树下坐着思考。他正出神地想着问题的时候。忽然，一个熟透了的苹果从树上坠落下来，正好砸到了他的头，他对这个突如其来的事感到很好奇。于是他开始思考为什么熟透了的苹果会砸下来，而不是飞到天上呢?

这个问题一直在他脑子里面存在并且一直激励着他，促使他想办法弄明白，就这样，伟大的万有引力定律产生了。

思考引领我们不断地努力，从而走向成功，只有通过思考我们才能把我们所学的知识充分发挥出来造福社会。思考是对知识的进一步提炼，抽取精华，促成智慧的形成。

如果只思考不学习，就会导致我们陷入一个泥潭。近代以来我国受到了西方列强的残酷压迫，有识之士开始思考怎样才能救中国，之后的很长一段时间都在尝试，康有为和梁启超决定改革，这种改革是封建社会内部的改革，说白了就是封建制度的自我更新，当然不成功是必然的。

接着孙中山先生学习了新的制度，准备建立起资本主义制度，他也进行了尝试，但是最后证明还是不能适应中国，最后也失败了。

如果没有努力地学习马克思主义的话，一直在旧的社会制度的框架下进行改革，那么就没有现在我们崭新的中国了。

关于思考的来源，我们不应该局限于目前所学的知识或者是自己喜欢的方面，应该将范围扩大一些。事物之间的联系具有普遍性和多样性，只要我们认真思考、总结，就能做到举一反三、触类旁通。思考的目的就是解决问题，我们可以运用所学的所有知识，这样更能发散思维，让我们的大脑积极地运转，智慧和灵感就是这样子来的。

近些年，社会发展日新月异。当我们在感慨我们的国家要从此走向兴旺发达时，不妨想一想真正使国家和社会日益发展的原因，再想一想是什么原因导致中兴出现“卡脖子”事件以及联想被评为最差劲的科技公司。

这是什么原因呢？急于发展，导致公司没有核心竞争力，最后受到别人的威胁和技术制裁。只有一味地学习是不行的，只有在学习后不断思考和创新，形成自己的体系，才可以引领这一行业的发展而不是看别人的脸色行事。

学习就要思考，形成自己的体系，而后深化思想格局，为以后长期的发展奠定坚实的基础，只有这样才能长久地发展下去。

6. 是学以致用还是以用致学

现代社会，刚刚入职的年轻人找工作往往急于求成，有好多人都是放弃了自己原本学习的专业，而去从事一个新的行业，对这个行业不是很了解，不知道适合不适合自己，但是迫于生计，也只能干着，发现不适合了就熬日子一样熬着。

“女怕嫁错郎，男怕入错行”，这是一句很经典的话，我们不要小看这句话，其实不管男女，都是怕入错行的，因为入错行了不但赚不到钱，更重要的是浪费了时间。

我们必须清楚到底是学以致用好还是以用致学好。

李冰跟姜河同时来到北京，准备放弃以前所做的工作，转行重新开始。就这样，他们分别开始了努力。李冰决定先找一个会计工作，然后不断地学习会计方面的知识提高自己，等在北京待上几年，回家乡应该可以找一个不错的工作，就这样，他开始了自己的计划，开始每天投简历。

由于没有什么这方面的工作经历，于是决定找一个会计培训班，接受四个月的培训，在培训的过程中老师专门针对公司会计需要的知识进行讲解，然后让他慢慢练习，培训结束后，他顺利进入到了一家不小的公司做了会计。

姜河是想学习 Web 前段设计，他开始买书，买过以后就开始学习，他看到什么就学。这样下来，经过了半年时间的学习，以为自己已经可以胜任这个职位了，于是他开始投简历找工作，结果每一次面试的时候都被面试试题难住。

经过了十几次面试，他还是没有被一家公司录取，最后他终于放弃了，做了一个公司的客服。

李冰就是用以致学的典型例子，当你知道你想要干什么的时候，开始学习这一方面的专业知识，这个时候是不晚的，并且可以具体地知道自己需要学会哪方面的知识，这样就有了针对性，因此，只要不放弃，都是可以成功的。

相反，姜河的做法就是学以致用，他先是下定决心学习这方面的，关于这方面的毕竟太广了，做不到有针对性地学习，这样很容易导致学习了很多知识，但是具体能用到的比较少。因此他最后失败了。

但是这也是有局限性的，我们应该从多方面考虑，这样一个问题就能得到更全面的回答。如果我们只是遇到问题了才去想办法解决，那么得到的代价有时候是我们无法承受的。

2008 年 5 月 12 日，这是令每个中国人都印象深刻的日子，我国汶川发生了 8 级大地震，一时间全国都为之恸哭。灾难来临，正是考验我们国家的能力和决心的时候，国家第一时间行动起来，全国人民也紧紧地团结在一起关注着灾情。

由于汶川位于大山之中，不知道具体的灾情和路况信息，国家根本没有办法组织救援，唯一的办法就是空降，空军紧急调动运输机，空降高度 5000 米这个高度是日常没有训练过的，但是我们空军选择了敢死队，直接跳下去了。

看到这里，我们有些人眼角应该湿润了，但是这件事充分暴露了空军的一个缺点，需要加大训练 5000 米甚至更高的伞降。

当灾难来临我们才组织敢死队上，这样的紧急情况如果稍有差池，后果将是无法承担的，这就是用以致学最大的弊端，有许多事看起来当时没有什么用处，但是一旦需要的时候，不懂有可能就是致命的。

所以当我们有闲的时间的时候还是多学习一点，这样即使我们以后真的用不上，对我们也没有坏处。有远见的人常说未雨绸缪、防患于未然。这都能充分地体现出学以致用的好处，不听老人言，吃亏在眼前，对的道理才能历经考验而不衰。

将学以致用和用以致学结合起来，在适当的时候调动不同的方法，这样就能够更好地满足自己的需求。，我们无论何时都无需担心了。

掌握这两种方法，我们可以更好地学习知识，将知识融会贯通，形成自己的学习模式，然后深化思想格局。

7. 让阅读成为生活的一部分

当我们闲下来并且感觉到无聊的时候，有一部分人会选择拿起一本小说看；某些人失恋了，就会拿起一本心灵鸡汤类的书来看，安慰自己，以便更快摆脱失恋的痛苦；当我们的心静下来的时候，我们往往会找一些偏向于技术类的书籍看，提高自己的技能……

阅读是我们生活中的一部分，怎样去阅读取决于我们自己。书可以改变你的气质，你读过的书会变为无形的力量，这种力量会渐渐使你变得自信。让阅读成为生活中的一部分，那么我们的人生将会更加丰富多彩。

著名的央视主持人董卿，她出生在一个高级知识分子的家里。从小她的父亲就对她非常严厉，一直要求她背诗和阅读，那时的她不懂得父母的用心良苦，甚至在反叛期还独自伤心。

随着时间的流逝，她的知识和阅读量得到了空前的提高。她主持的《朗读者》和《中国诗词大会》受到了一致好评，她的开场白和节目中自己背诵的古诗词充分展现了她的文学素养，淋漓尽致地展现了她的魅力

一个人的谈吐代表着一个人的文化修养，一个人的自信来源于腹中的知识。充足的阅读不仅可以给你精神上的愉悦，还可以给你生活上的帮助，让你成为一个受他人尊敬和爱戴的人。

杨绛先生说过："你的问题主要在于读书不多而想得太多。"读书对于我们每一个人都很重要，多读书才能支撑我们的梦想，才能在不经意间实现我们的梦想。

小芳是一个刚刚工作的女孩，平时上班的时候踏踏实实地做事，总是能够高质量地完成上级布置下来的任务。她是一个性格内敛的女孩，有着自己的小世界。每当到了休息或者吃饭的时间，大家都在玩自己的手机，有的玩游戏，有的看视频，而她习惯拿着一本书静静地坐着看。

大家都觉得小芳不合群，渐渐地，开始有意识地疏远她。小芳看出了同事们的意思，她开始挤出时间主动跟同事说话，下班的时候跟同事一块去买饭，逐渐地，同事们开始跟小芳聊了起来，关系也明显出现了缓和。除了跟同事搞好关系外，她还是不断地读书。

一次，公司要迎接一位市里面的领导，需要写一个欢迎词，同事们一致推荐小芳来写，小芳欣然接受了，结果这次的活动办得非常完美，市里面的领导多次夸奖欢迎词，觉得写得既有风格又有文采。

这件事以后，公司里面的领导开始重视小芳，并且小芳也赢得了更多同事的好感，阅读使她成为了同事们心中的骄傲。

阅读虽然不能立即看出效果，也不能立刻变为金钱和利益，但是阅读可以积淀，一旦积淀到一定的程度，就将发挥意想不到的效果。

阅读可以分为兴趣阅读、专业阅读等，不同的目的，结果也不同，兴趣阅读可以让我们简单的生活变得有趣；专业阅读可以提高我们的专业技能，让我们在工作中更好地发挥作用，能力变得更强。

合理地安排时间进行阅读，不仅可以让自己更加轻松，还可以让自己以更加积极的姿态投入到后续的学习和工作中。相反，如果是为了阅读而阅读，不但会让我们很累，并且会让我们失去读书的乐趣，进而放弃读书，这样得不偿失。

合理地安排时间阅读，你可以根据心情来决定。如果在你心情最糟糕的时候选择看专业技能方面的书，那么往往会更加烦躁，静不下心看，这样，虽然你坚持看了很久，但还是没有在脑子里面留下痕迹，浪费了时间，得不到应该学到的知识。

我们可以在自己心情愉快的时候适当看一些专业方面的书籍，这样能很快进入状态。慢慢地，随着时间的流逝，我们的注意力开始下降，这个时候我们可以看一些小说或者诗歌之类的书籍，这样我们就不会感到枯燥无味了。

阅读还要形成习惯，没有良好的习惯，只是想起来了才阅读一会，往往达不到什么效果。阅读要不间断地连续起来，这样，无论是学习一门技能还是提高文化修养，都是很有帮助的，大量的阅读需要大量的阅读时间作为支撑。

充分利用我们生活中的每一分钟，把时间用在阅读上，你的生活会更加丰富多彩，你的个人魅力也会更上一个台阶。

通过大量地阅读，就会形成我们的知识结构，进而深化我们的思想格局，对以后的人生发展道路起到引领作用。

第十二章

从心态上突破，减少计较提升认知格局

NIDE
GEJU JUEDING NIDE
CENGCI

1. 除了生死，一切都是小事

从呱呱坠地到安静离开，人生的这个轮回是每个人都需要经历的一个过程，历经几十年的时光，从什么都不懂的婴孩，一点点成长，直到拥有自己的思想，从此开始思考人生，思考得越多，忧虑也就越多。其实回望过去，那些曾让我们耿耿于怀的事情，过去后也就不值得一提了。

李于伟是一家公司的经理，本来许多小的事情可以交给手下去办，但是他害怕手下松懈，于是基本上所有的事他都亲力亲为。

渐渐地，他的身体吃不消了，整天感觉晕晕乎乎的，但是工作这么多，他也没有在意。一天他在办公室晕倒了，同事送他去医院，检查的结果是癌症晚期。当结果出来的时候，他后悔不已。

生活中有些事是小事，有些事是大事，这个我们要分清楚。相对于生死来说，还有什么更重要呢？一个人的健康就是最大的本钱，你只有拥有这个本钱，才能赚更多的钱，否则将一无所有。钱对于我们每个人来说都只是一个工具，我们可以利用这个工具来促使我们努力工作，换取我们需要的东西。我们绝对不能被工具利用，成为工具的奴隶。

我们要想明白一件事：钱是赚不完的。既然我们来到了这个世界，就要友好地对待这个世界，更要友好地对待自己。

基努·里维斯是好莱坞著名影星，曾经风靡一时的《黑客帝国》就是他的代表作。就是这个年收入超过百万美元的巨星，他曾经的遭遇影响了他的一生。

小时候父亲贩卖毒品被关进了监狱。他的女友刚生下的女儿是一个死胎，在不久后的一次车祸中，他的女友死了。祸不单行，他的妹妹也因为患白血病死了。生活对于他来说，充满了不幸。

他决定将《黑客帝国》收入的70%捐赠给研究白血病的医院。他的生活并不富裕，他住了9年的汽车旅店，直到39岁才买了房子，没有保镖，身上更没有名牌。在他47岁生日那天，他独自在马路上吃着自己的生日蛋糕，粉丝认出了他，他就将自己的蛋糕分给他们吃。

每个人都会经历很多事情，有些会打击到自己，但是面对生活，我们要做的是向前看，一时的困难总会过去的，美好的生活还是值得我们去用心感受，除了生死，其他的都是小事。你所拥有的，在你离开这个世界的时候都不会带走，因此你要及时把握住美好的时光，活出自己。

当一个人要离开的时候，往往最后悔的是没有来得及做一些想做的事情，因此我们一定要明白什么是我们及时要去做的事情，然后抓紧时间去做，毕竟时间是稍纵即逝的。

我们首先把我们要做的事情分类，把最紧要的事情放在最前面，然后是次要的事情，最后是不紧要的事。接下来就要按着排好的顺序开始做了。

每个人或多或少都有拖延的坏毛病，总是喜欢把事情拖到第二天，避免拖延的一个有效方法是学会自我心理暗示，在心里时刻提醒自己把今天看做是一生中最后的一天，这样就会有紧迫感了。

这个世上，除了生死都是小事。生活实实在在存在，是美好的，我们应该去享受唯一的人生。如果每时每刻都在工作，那么我们一生都会在忙忙碌碌中度过，生活中，我们应该劳逸结合，这样才能体会到生活的乐趣。找一些闲暇的时间陪自己喜欢的人出去走走，看看这个世界。扩大自己的眼界，开阔视野。这样不仅可以提升我们的认知格局，也会丰富生活。

总之，每个人的一生都是不同的，把视野放宽，努力去学习、接触这个世界，努力提高自己，让自己和这个世界更加契合。

2. 不在一棵树上吊死

每一道难题都会有不同的解决方法，每一件事情都会有不同的选择。一个人的人生道路亦是如此，走不通的路不要盲目地一直走下去，要变换方向继续前进。不要在一棵树上吊死。

王芳在一家小型的网络公司干了三年，这三年中，她工作认真并且利用休息的时间不断学习，渐渐地，她在互联网行业积累了丰富的经验，然后她向公司提出了离职申请，因为她想进入百度工作。

她填好了自己的简历来到百度公司面试，结果没有被录用。但她并不放弃，连续投了好多次，但是都没有被录取。最后因为长期失业，她的日常生活维持不下去了。

执着于一件自己想做的事情，本身是一件好事。但我们更要有发现的眼光和睿智的头脑。发现的眼光能让我们看清楚一件事是不是适合我们，每个人都有适合自己的发展方向，一旦方向错误就会离成功越来越远。

及时纠正方向，才可能走向成功。这就需要我们拥有一个睿智的头脑，经过一段时间的努力后，运用自己的判断能力来判断我们的方向是不是正确的，如果是错误的，就需要及时改正。

不要在一棵树上吊死，要不时地提高自己的判断能力，不断地学习新的知识，这样认知就会提升。

张枫就职于一家药品销售公司，找工作的时候是想着销售可以锻炼自己的能力，做得好的话就可以赚大钱。他虚心学习，逐渐开始适应了这个工作，但是他发现自己在推销产品时，还是不够出色，相对于同事来说他的业绩也很平常，并没有赚到很多钱。就这样他又干了半年，还是没有多大的提升。

他向公司提出了调换岗位，他想做人事这个岗位，公司同意了。他慢慢学习和适应，通过加班和请教别人，渐渐成了一名优秀的人事专员。

如果执着于一件事，也许这件事情不是你所擅长的，你拼命努力，也只能做到一般水平，而如果换一个事情的话，你就有可能得到更大的发展。有时候我们不想放弃一件事情并不是因为内心的坚持，而是由于放弃了会失掉面子或者是自己付出了那么多却得不到回报，不甘心。种种原因促使我们硬着头皮做下去。产生这种思想是由于视野太过于狭小，让一小片叶子蒙蔽了双眼。我们应该说服自己，学会放下。

倾诉会让自己的悲伤和失意减半，找一个知心的朋友向他诉说你目前苦苦坚持的事。只要你肯打开心扉，那么这就是解决问题的开始，学会向别人诉说，说出你自己的想法，静下心来听听朋友的建议和安慰。人在得到安慰和鼓励时，心理上的伤痛也会随之减轻，就有了走出这件事情的勇气。

还可以运用思想压制法，所谓的思想压制法就是在心里面告诉自己：即使这件事情我做不好，也并不代表任何事情都做不好，我可以换一个，也许下一个就可能是我擅长的甚至是我有天赋的领域。人生本来就是这样，在离开人世前就要不断地奋斗，走不通的路，大不了换个方向，成功并不是只有一条道路，一个人的价值也并不仅仅局限于一条道路。

找个时间出去旅游。处于一件不顺利的事情中时，心情会很压抑。这个时候出去看看，看看大自然的鬼斧神工，看看令人惊奇的景观，看看大自然的伟大与天地的浩渺，反过来再看看你一直纠结的事情时，就会觉得没什么大不了的。

放开自己的心扉去拥抱明天，不要在一棵树上吊死，开阔视野，提高自己的认知格局，学会以长远广大的目光去看待一件事情，这时你往往就不会陷入迷茫了。

3. 你抱怨的事真那么严重吗

抱怨是一种消极的情绪，遇到问题或者做事不顺利的时候，这种消极的情绪就会出现。大多数人都会受这种情绪的影响，进而情绪变得低落，做什么事都没有激情。抱怨者大多把责任推到别人身上，认为自己做的都是对的，别人做的都是错的，无限放大自己的委屈。

抱怨的事情有很多，有的是关于家庭的，有的是关于工作的，有的是关于朋友间的，有的是关于合伙人之间的……

你抱怨的事真的有那么严重吗？

李黎明是一家电商的配货员，公司效益最近一段时间不是很好，于是老板建议大家多加班。

刚开始的时候大家都自觉地加班，渐渐地，都开始一下班就走。老板开会说了一下，大家就又开始加班了，李黎明开始抱怨，凭什么啊！不给加班费还一直让加班，他逢人便抱怨，最后公司效益好了，大家都得到了公司的奖励，而他却没有。

抱怨对于我们来说几乎没有任何好处，只会让我们的情绪更加糟糕，不但影响我们接下来的工作，还会让我们无法认清什么事对自己才是最重要的。

迷失自我是很可怕的，会让我们在很长的一段时间里走许多弯路，甚至再也走不出来，我们的一生都将陷入抱怨的深渊无法自拔。

与其不断地抱怨，不如把抱怨的时间利用起来。利用它做更多的事情，让抱怨的时间充分发挥价值，而不是让时间在抱怨中不知不觉流逝，那么这样的一段时间将是我们生命中非常有意义的时间。

路琪和姜天都是一家出版社的员工，这家出版社很不知名，员工人数也很少，给他们两个开的工资也很低。路琪渐渐地没有了忍耐的心，开始抱怨起来，她觉得单位太小了，福利也没有，最为关键的是工资还这么少，整天的工作真的没什么意思，就跟机器一样。

因此上班的时候她积极性也不高，每天只是应付工作，没有一点新意。就这样，她开始整天活在抱怨之中。

姜天并没有这么做，相反，他感激单位收留了他，给他机会。他每天都充满激情和信心，相信通过自己的努力和坚持一定能够成功。他每天超额完成任务，并且下班后还在网络上进行创作，同时通过不断学习提高自己的水平。

几年后，他不但成为了网站上的签约作家，而且在出版社也出版了好几本书，有两本还很畅销。

如果我们及时把自己的心态调整好，以积极的心态投入到应该去做的事中，我们就能使结果更加完美。抱怨的心态每个人都会有，大多数人都无法正确地调整，必须通过不断学习和实践，才能慢慢掌握调控心情的方法。

掌控好自己的心情，不抱怨一些琐碎的小事，那么我们将更加有信心去从事我们长期发展的事业，有助于我们提高认知格局，做事情的时候从大局考虑，不再去计较一些鸡毛蒜皮的事情，从而向正确的道路走去。

4. 解开报复心理的“死结”

现实生活中，人们遇到不公平的待遇和发生口角时，常常会产生报复心理，严重影响心情。

子晴和立伟是网页制作公司的员工，他们两个都很努力工作，但是明显子晴更受公司重视，时间一长，立伟心里就觉得不公平，为什么一样努力工作，她却更受上级关注呢？于是立伟准备报复下子晴。

这一天，公司接到了一个单子，需要制作一个关于植树公益方面的网站，公司把这个任务交给了子晴。就在任务完成的前一天，子晴有个地方不会，请教了下立伟。

晚上下班后，立伟偷偷改了网站的内容，最终客户退回了子晴的设计，公司因此受了损失。

报复心理是一种不健康的心理，嫉妒不满的情绪在心中慢慢地酝酿，当理智无法控制的时候就会爆发出来。

为了自己一时的快感而去报复别人，这种做法是不明智的。受到报复的一方如果以牙还牙，就会形成一个“死结”。最终双方利益都会受到损失，因此互相报复并不是解决问题的好方法。

敬启和马超是一个房地产开发公司的员工，他们的工作是推销自家公司的商业住房。两个人每天认真接待着客户，还通过自己的关系和朋友的关系不断地发展着自己的客户。

后来敬启的客户渐渐被马超拉了过去，成为了马超的客户。于是敬启为了报复马超，就打电话跟马超的客户说公司开发的房子有质量问题，就这样，马超失去了好多客户。后来马超知道了原因后，不但没有生气，还主动把自己的客户转交给了敬启。敬启向马超道了歉，最后两个人一起努力，很快都得到了公司的重用。

当一个人受到别人的报复时，大多数人会选择报复回去，这种方法不能从根本上解决问题。要从根本上解决问题，就要试着去原谅别人。只有原谅了别人，报复这个“死结”才有可能在你的手里彻底地解开。

原谅了别人的报复既可以体现你的宽宏大量，也会让别人的心里产生愧疚感。这时就会形成一个回旋的余地，在这个时候如果你能进一步和对方进行心灵上的沟通，一定会让对方敞开心扉，你们就会达成和解。

因此原谅别人的报复是最关键的一步，学会以下几点可以很好地帮助您：

第一，学会自我调节，淡化报复心理。

当我们受到了别人的报复，心里肯定会觉得委屈，以至于产生报复对方的想法。这个时候你可以转移下情绪焦点，先不要想这件事，去想一些令你开心的事，逐渐放平心态。如果这种办法行不通，还可以向你的朋友倾诉。

找一个倾听者，不但可以让你不那么孤独和寂寞，还可以说出你的心声。当你把自己内心的委屈和不满倾诉出来以后，情绪就会逐渐冷静下来，然后以理智的头脑想出正确的解决办法。

第二，学会沟通。

沟通是一种技能，它是让人放下心理防线最好的方法，在和谐的沟通中，很容易触及人的内心深处。当两个人有矛盾时，沟通就会出现问题。这时两方都会碍于面子故意疏远对方，这时你应该及时找对方交流。用真诚的话语来打动对方，这样问题就会轻松地解决了。

第三，学会放低自己。

报复心理的形成更多的是由于不肯放低自己的姿态，觉得自己肯定比别人强。这样一来很容易形成针锋相对的态势，把问题弄得除了互相报复没有任何解决的办法。

学会放低自己，暂时承认自己“低”对方一等，主动退一步，就会海阔天空，这样互相报复也就不再存在了。

第四，学会读书。

书是我们人类的朋友，为什么说是我们的朋友呢？因为它会教给我们很多道理，使我们的思想更加开阔，内心更加宽容，不会轻易因为一点小事而影响到心情。

学会读书，就会提高内心的承受能力，遇到事的时候就不会因为冲动而导致严重的后果。遇到别人报复，会想办法解决问题。

从心态上突破，不再斤斤计较，提升认识格局，这样才能更加有效地解决生活中遇到的问题。

5. 上帝也没办法事事如愿，何况你我

人的一生会遇到许许多多的事，有的是我们擅长的，有的是不擅长的。有些事通过努力就会达到目的，但是有些事是怎么努力都不能完成的。不同的人会有不同的反应，采取不同的方式。

有些人会下定决心一定要把它完成，结果以失败告终。有些人则会说：“上帝也没办法事事如愿，何况你我。”

一直以来小米手机都是因其超高的性价比赢得客户的信

任。并且小米公司独创的线上“饥饿营销”也是帮助小米产品火热销售的独特方法。最近几年手机硬件的更新比较缓慢，因此国内的其他手机厂商开始把新手机更新的内容放在材质和设计上，取得了很好的成绩。

在这样的大环境中，小米自然也要走到大多数厂家的前头，于是他们在设计小米6的时候决定加入亮银这种配色，由于技术过于超前，工艺复杂，成品率很低，无奈，在发布会上公布上市日期延后，一直到小米6其他配色大卖的时候，这一配色依旧没有大规模量产，最终不得不承认这一配色失败。

“锲而不舍，金石可镂”，这句话并没有什么错，但一件事的完成时间有一定的限制，我们在有限的时间里不可能完成太多的事，每个人的精力都是有限的，必须好好把握和安排。

人生中，并不是事事都能如我们所愿，既然这样的话，何不适当放弃一些呢？以退为进，放弃了一条路，可以换另外一条路走，总不能一条路走到黑。

一件事如果换一个角度来思考，就会有不一样的结果。

在宋朝的时候，有一个叫张开的县令，他整天忙于公事，想着有一天可以靠政绩得到提拔，那样的话就可以造福更多的百姓，也能为国家做更多的事。于是，他开始不断地处理公务，并且一有时间就去走访，帮助百姓解决实际问题。

为了实现自己的政治抱负，有时他还刻意去干涉一些鸡毛蒜皮的事，导致有些百姓向上级官员反应县令管得太多了。

这样就导致他的名声不是那么好，他因此陷入了苦恼，明明自己做的够多了，为什么百姓还是不拥护和爱戴自己呢？

一天，他来到了县里面的一个寺庙，找到了寺庙的住持。他问：“怎样才能让我更快地升官？我现在每天都精心地批改公文，走访各家，为什么没有一点效果呢？”住持说：“施主你太关注一件事了，这样会更加烦躁和不安的。你要学会适当放下，也许你会得到不一样的结果。”

县令走出了寺庙，心中若有所悟，他回到县衙，除了忙正常的公务外，开始写一些散文，在以后的岁月里渐渐成为了一个散文大家。

在能力和时间受到限制时，我们很难完成既定的目标，这时我们就要适时告诉自己：“上帝也没办法事事如愿，何况我呢？”这并不是逃避，也不是放弃，而是一个明智的选择，如果我们一直纠结于这件事的话，反而会更加苦恼，心情受到影响后，做事的效率就会更低。

相反，我们放开这件事，不让不好的情绪干扰我们，承认并不是所有的事我们都可以做好，转换我们的思维方式，这样，我们对一件事情就会有不同的理解，从而想出新的解决方法。

这世上，不可能事事都如我们所愿。正是由于不完美的存在，我们才会更加努力。调整好自己的心态，减少计较，提升认识格局，视野就会更加的开阔。不拘泥于烦心事，生活就会更加舒心和快乐。

6. 把你的心事放下，让过去成为过去

每个人都会有自己的心事，或喜或悲，最终都会随时间而去。哪怕再大的事，都会随着时间的流逝而成为一个人的过去。

顾行恒曾经是一家互联网公司的总经理，在员工们的努力下，公司发展得很好，渐渐成了整个行业里面的佼佼者。公司积累了大量的财富后，公司董事决定去做别的投资，最终决定拿公司的全部利润投资房地产。

没过多久，房地产行业就不行了，公司资金周转不开，最终不得不申请破产。他失业了，但是他并没有一蹶不振，而是开始创业，他发现宠物行业比较流行，于是决定投资宠物龟，自己挖了几个鱼塘，开始一步一步发展，最终走向了成功。

拥有辉煌的过去，并不意味着以后会更加辉煌。生活就是这样，给你一个巅峰，也会给你一个深谷。起起伏伏中，我们需要平衡自己的心态，不要因为一个小小的挫折就止步不前。

迈开你的步伐，放下过去的辉煌，重新开始。以后的路还很长，不要一直斤斤计较着过往，既然无法改变已成为过去的事情，就让它过去吧。

吴玉芳是一个瑜伽教练，通过不断地自我学习，以及和学

员们交流，她的技术逐渐娴熟。很快，她就成为了一个口碑很好的教练，生活也变得更加美好。

一次突如其来的车祸夺去了她的一条腿，刚开始，她无论如何都不能接受这个现实。她想过自杀，被救下后，在父母声泪俱下的教诲中，她接受了现实，开始在网上写小说，最后成为了一个知名的网络女作家。

受到意外或者打击，人们往往会消沉下去，这时就需要走出困境的勇气，用以下这些方法可以帮助那些受到打击的人慢慢建立自信，从而拥有走出困境的勇气。

第一，可以用记笔记封存的方法。有一些事我们既不愿意忘记，也不愿意提及，那么我们可以拿一个笔记本将它记录下来，然后将它放在一个平时不容易看到的地方珍藏起来。这样我们就可以让笔记本帮我们保存这样一份记忆，我们就可以重新开始做我们需要做的事了。

这样不仅节省了我们回忆的时间，还给了自己内心一个交代，岂不是两全其美？当事情过去，我们重新打开笔记本时，就会发现那些当初让我们难过烦心的事，过去了也就释怀了。

第二，诉说。一个好的聆听者，不但可以让诉说者安静下来，而且可以给诉说者无穷的精神力量，帮助他们走出来。因此，学会诉说，这样你的不良情绪就不会在心里发酵。只要你可以讲给别人听，你的痛苦就会找到一个释放的途径，直到慢慢消失。

第三，出去旅行。旅行是一件奇妙的事情，看到美丽的风景，感受大自然鬼斧神工的杰作时，每个人都会不由自主地高兴起来。而且走的地方多了，我们的视野也会变大，许多事情也就能想开了。

当我们遇到难以忘记的事情时，就出去旅游。在旅游的途中，我们可以转移视线，还能丰富知识、扩大视野，回来的时候我们已经收获满满，这个时候再去考虑过去的事情，将会产生不一样的看法。

第四，换个地方重新开始。长时间待在一个地方，很容易让我们产生不舍的感情，更会让我们难以做出正确的选择。因此我们可以选择换一个地方来换一种心情。远离一个地方久了，脑海中的印象也就跟着模糊了，那些烦心的事也会因此变得模糊。

当过了一段时间后，一些事、一些人就走出脑海了。我们也会重新开始新的生活。

调整好自己的心态，通过不断地学习，提高自己的认知格局，视野越大，成就也会更大。